月宮
奈津菜
健斗と"券"を送り合った
幼馴染み。
健斗とは疎遠に
なっていたが……？

「ひゃうっ！　ちょっと奈津菜先輩!?」
「む……大きい……意外とあるのね……葵ちゃん」
「先輩ーー！　助けてください！」

ダッシュエックス文庫

聞いてくれますよね? 先輩

すかいふぁーむ

出会い

――ピンポーン

荷物を頼んだ記憶がない日の来客はだいたいろくでもないものだと相場が決まっている。

テレビがないと言っても押し入ろうとしてくる集金とか、取らないと言ってもなかなか引き下がらない新聞とか、変な宗教の勧誘とかだ。

それでも無視するというわけにもいかず、ドアについた小さな覗き穴から外を見る。

大学生が一人暮らしに選ぶような安アパートのインターホンに映像機能は付いていないのだ。

そこにいたのは……。

「先輩、いますよね？　開けてください」

「え……誰？」

外にいたのは猫のマークをつけた配達員でもなく、名札を下げた営業マンでもなく……よく見知った制服姿の、よく知らない女の子だった。

その制服はよく知っている。俺がまさに通っている高校のものだ。

だがそこに立っている女の子のことはほとんど知らない。いや全く知らないわけではない。制服やリボンの色を考えれば確かに後輩だし、その後輩は一個上の俺たちの学年にまで名を轟かす、美少女だったから。

学年を超えて有名になる美少女。名前は……そこまでは覚えてないな……。

ただ芸能人とかアイドルと言われても信じるくらい整った顔に、お団子のようにアレンジされたサイドテールも似合っていて、端的に言って可愛い子だった。

「外、寒いんですよ？　先輩」

「あ、ああ。開けるけど……」

まず思ったのは人違いだろうということ。

このアパートか、あるいは近くに、彼女が先輩と呼ぶ相手が他にいる可能性もまぁ、なくはない。

だから開ければすぐに気づいて、引き返すだろうと思っていた。

思っていたんだが……。

「やっと出てきた。とりあえず寒いんで、中に入りますね？」

「えっ？」

ドアを開けるなり遠慮なく靴を脱いで入ってくる。

おいおい顔見たよな……？　俺は残念ながらこんな美少女と知り合いじゃないんだけど……。

「あー、あったかーい。何してるんですか？　先輩もほら、入って入って」

部屋に入るなり我が物顔でこたつに足を突っ込みながらそんなことを言う。

完全に不審者……だが可愛いだけでどこか許せてしまう。見た目だけじゃなく、本人が持ってる天性の何かなんだろう。

「いや、それは俺の台詞――」

俺がのんびりできたのはそこまでだった。

彼女が持っていた一枚の紙切れを見て、慌てて狭い家を走り出す。

「どこでそれを⁉」

「ふふ。じっくりお話ししましょ。聞いてくれますよね？　先輩」

いたずらっぽく微笑むその美少女の手に握られた紙の、『何でも言うこと聞く券』の拙い文字を見ながら、俺は彼女の提案にうなずくことしかできなかった。

◇

「ほらほら、寒いんですから先輩もこたつ入ってください」

「えっと……」

パンパンと布団を軽く叩きながら隣に座るように誘ってくる美少女。

とりあえず対面に座ると、頰を膨らませてこんなことを言う。

「良いんですか？　先輩？」

片手に持っている紙をチラチラと揺らしながら少女は微笑む。

それは怖い。怖いんだけど、まずは冷静に話がしたい。

こたつは狭いんだ。隣に座ったりしたら密着するどころか下手したらどちらかが上に乗らないといけなくなる。

そんな状況でまともに話せる気はしなかった。

「待ってくれ。とりあえず状況を整理したい……えっと……なんて呼んだらいいんだ？」

「名前でいいですよ？　私も健斗先輩って呼びますし」

微妙に嚙み合ってない。

俺の名前を知ってることも気になる……というか家の場所を知ってることも、この場所に来た理由も、そして、あの券を持っていることも何もかもが気になるんだが、それよりまずは……。

「ごめん。まず名前を教えてほしい」

「えっ……」

口をぽかんと開けてこっちを見る後輩。

「ショックです……まさか名前すら覚えられていなかっただなんて……」

「申し訳ない……」

　本気で落ち込んだ様子を見せる後輩。

　女子を相手にろくに話したこともないのに目の前の美少女が俺のせいでショックを受けているという状況にあたふたしてしまう。

「いや、顔はわかる！　顔は！　有名だった！」

「顔はわかるのに名前は覚えてない。所詮先輩にとって私はその程度だったということなんですね……」

「いや……えっと……」

　フォローしたつもりが悪化した！

「仕方ないですね。これからは絶対忘れないようにしてもらいましょう。天原葵です」

「あー！　そうだ、そんな名前だった！」

　うんうん。なんかしっくりくるな。

「で、その天原さんがなんで――」

「葵」

「えっと……」

「あ・お・い、です。ほら」

「あー……」

名前を呼ぶだけ、のはずなのになぜこうもドキドキするんだろう。

まあでも早く本題に入りたい。意を決して名前を呼んだ。

「葵」

「うんっ！　よろしいっ！」

天原……もとい葵の笑顔に思わずドキドキさせられる。

違う、今はそんなことしてる場合じゃないんだ。

「その……なんでここに……それにその券……」

「ふふふ。先輩の字ですもんね？　これ」

「ああ……」

——何でも言うこと聞く券
幼い頃に幼馴染みとやり取りしたあの券を、なぜ接点がなかったはずのこの後輩が持っているのか……。

当の幼馴染みですら、今はもう接点がないのだから、なおさらだ。

「まず、結論から言うと、これは先輩からもらったものですよ？」

「え……」

名前どころか出会っていたことすら忘れていたのか……？　俺？

「混乱してますねぇ」

俺の様子を笑いながら見つめる後輩。

そりゃそうだ。そんな素振り一度も見せてこなかったわけだし……。

「大丈夫です。そのことを覚えてないのはまぁ、仕方ないと思いますし……」

「どういうことだ？」

「そうだなぁ……先輩、喉が渇いたので、飲み物ください」

「ああ、良いけど」

突然だなと思いながらも立ち上がって準備をする。

「お茶しかないけど、いいか？」

「はーい」

こたつにお茶を置いた途端……。

「え？」

「ふふ。すごいですよね？」

これみよがしに見せつけていた『何でも言うこと聞く券』が、その手から消えたのだ。

「多分先輩のポケットに……」

「え……ほんとだ」

それは間違いなく、さっきまで葵が持っていた『何でも言うこと聞く券』で……。

「……手品？」

「違いますよ！　本物なんですよ、この券が。お願いを聞くと所有権が移るんです」

「そんなバカな」

「試してみてください。その券を持ってれば私に何でもお願いできちゃいますよ？　ほらほら！　今なら私にエッチなことでもなんでもお願いできちゃいますよ？」

得意げな表情でそう告げる葵に俺は……。

「じゃあ、部屋から出てくれとか頼んだら……」

「えー、ひどいです！　あっ、もうっ！　ほんとに帰る準備始めちゃう……こたつから出たくないのに～」

駄々をこねながらも葵が帰り支度を始めていく。

他のお願いならなんかあっさり言うこと聞きそうだなと思ったから、無理のない範囲で嫌がりそうなことにしたんだけど……確かに効果があったし、俺の持っていた券もなくなっていた。すごい。

とか考えてるとうちを出て行った葵がドアの向こうから叫んでくる。

「寒い～どうして今日に限ってこんなに寒いんですか」

「制服だけじゃ寒そうだよなぁ、今日は」

「わかってるなら早く入れてください！」

仕方ない。帰れとかお願いしてたら帰ってたんだろうか……。

まあいいや。とりあえずもう一度葵を招き入れた。

「ただいまです、先輩」

「ああ、おかえり」

「えへへ」

何が嬉しいのかだらしなく笑いながら、もう一度葵はこたつに入っていった。

「あれ？　家に入れろってお願い聞いたのに、券はそのままなのか」

「あー、それは私に券を使おうという意思がなかったからですね！　先輩なら泣き落とせばすぐ入れてくれると思ったので」

「こいつ……」

「あはは。まぁほら、良いじゃないですか。券が本物だってことはわかったんですし」

にわかには信じられない話ではあるものの、まあこうなると信じざるを得ない。

となると……。

「その券のことを話しに来たってことか？」

「ん？　ん――……そうとも言うし、そうとも言わないというか……」

要領を得ないな……。

「あのですね、恩返しがしたいんです」

「恩返し……？」

「はい。先輩はこの券を使って、私を助けてくれたので、今度は私が先輩の助けになりたくて」

懐かしむように柔らかく笑う葵だが、俺は何も思い出せない。

むしろ目の前の券のせいで、あまりよくないことが頭に浮かんでいるくらいだ。

「そういうことなら間に合ってるので……」

「先輩、私この券を使って先輩に婚姻届を書いてもらうこともできるんですよ？」

「え、なんで脅されてるの？　俺が」

おかしい。

恩返しってそういうやつだっけ？

それはもうお礼参りとかそういうのじゃ……。

「それにですね、先輩。先輩には私を褒める義務があるはずなんです」

「義務……？」

「そうですよ！　先輩の言葉で私、本当に歌手になったんですよ？」

「歌手……？　待ってくれ。全然頭が追いつかない」

突然現れた美少女。十数年ぶりに見た何でも言うこと聞く券。

戸惑いながらも必死に記憶を呼び起こす。

「歌手って……」

「はい。フヨウって、わかりますか？」

「えっと……あ！　え……？」

　フヨウ。

　外に出ればどこかしらで流れてくるアーティストの一人だ。

　WEB活動からデビューした新人で、顔は出していない……けど……。

　葵の方を見ると……。

「仕方ないなぁ」

　それだけ言って、すっとワンフレーズ。

　あのよく聞く曲を口ずさんだ。その歌声は確かに……。

「本物……？」

「もちろんです！　先輩があの時、私に言ったんですよ？　歌手になって驚かせに来い、って」

　必死に記憶を手繰り寄せる。

　さっきよりもヒントが多いから、ようやくその記憶にたどり着いた。

　あの時……確かにいつだったか、そんな話をした子がいた気がする。

　泣きじゃくる幼い女の子を、まだ小さかった俺が必死に慰めて……。

「あのときの……？」

「はい！　あ、ちなみにこれ、家族以外に言ったの初めてなので、秘密にしてくださいね？」

「それは良いんだけど……」

「と、いうことで！　お礼です。色々な。ね？」

小首をかしげ、ねだるように俺を見る葵。

いちいち可愛い。そしてそのことを知り尽くしてるポーズだった。

「お礼って言っても、別にしてほしいこともなぁ……」

「えー、そこはほら、何かあるのが普通ですよね!?　こんな可愛い後輩が何でもするって言ってるんですよ!?」

自信満々に言い切る葵。

まあ確かに顔は可愛いんだけど……。

「黙らないでください。恥(は)ずかしくなるじゃないですか」

こうして顔を赤らめたりする仕草(しぐさ)も……いや、とにかく話を進めよう。

「何でも、か」

「あ、エッチな想像しましたね？」

「してない」

「即答……ほんとに先輩、女子と見ると一定の距離をあけますね……」

「もう癖(くせ)みたいなもんだからな」

「幼馴染みの女の子と疎遠(そえん)になって以来避けてますもんね」

「なんでそれを」

「ふふ。この券をもらってから私がこれまで、どのくらい先輩のこと考えてたか、わかってもらえましたか？」

「うっ……」

ずるいやつだった。

「というか先輩、女が苦手、の割に全然普通に話してるじゃないですか」

「まぁなんか葵はこう、妹のような感じで……」

「妹……複雑……でもまぁ、話せないよりいいでしょう。というか先輩、妹さんいたんですか？」

「ああ。俺が一人暮らしになってからはあんまり会ってないけど」

「ふーん。それでこう、こなれてるというか……」

微妙に人聞きが悪い。

「そうとでも思わないともう追い返してると思うぞ」

「それは嘘(うそ)です。先輩は押しに弱いのでグイグイ来られれば多少やりづらくてもしばらく相手しちゃいます」

「それは……というかわかっててやってんのか！」

ほんとにたちの悪い後輩だな!?

「だって……先輩もう学園あんまり来なくなるじゃないですかー」

「あー……三年は受験終わったら自由だからな」

「ほらー。推薦で大学決まって準備のために一人暮らしまで始めて、学園はまだ受験モードだから最低限しか出席しない。そうですよね!?」

「なんでそこまで知ってるんだよ……怖いわ」

「とにかく、もう最後のチャンスじゃないですか……この機会を逃したらもう、先輩に恩返しする機会もなくなっちゃうし……その……」

急にしおらしくなる葵。

これがどこまで狙ってやっているのかわからないけど、どちらにしてもほんとにずるいやつだった。

「別に悪い話じゃないじゃないですかー。というか先輩、一人暮らし始めたはいいものの、ちゃんと自炊できてないですよね?」

「それは……」

「十分な恩返しになると思うんです。私が先輩のお世話をするのって。私、料理できますよ?」

「……確かに料理はありがたいかもしれないけど……」

「あ、もしかして料理の腕、疑ってます?」

「いや、そうじゃなくて」

「むぅ……いいでしょう。私の腕前、しっかり味わってもらいましょう」

本当に話を聞かないな……。

「ま、そもそも先輩には拒否権もないんですけどね？」

「何でも言うこと聞く券をちらつかせるな！　というか一回使ったら俺のとこに来るんだろ？」

「もし断った場合、券を使って先輩の口から先輩の恥ずかしい秘密トップテンを聞き出します」

「使い方が卑怯！」

「この券を何年持ってたと思ってるんですか！　先輩の考えることなんてどうとでも対処できます」

「くっ……」

厄介なやつに所有権が渡ったものだった。

「というわけで、買い物に行きましょー。先輩！　好きなもの聞きながら一緒に買物ですよ！」

「買い物なぁ……」

「寒いのはわかりますけど、ほら、手つないであげますから」

「いや、なんでだよ」

「ちぇー……どさくさで手つなげると思ったのに」

「そういうのは券、使わないんだな」

「え？　えっと……そ、そうですね……使ってほしいですか？」

「いやいや」

まぁなんか、そういうとこが憎めないから付き合っちゃうんだろうなぁと思わされる。もちろん所有権が移動するという制約があるが、多分今回はそういう計算での話じゃないのがわかってしまうから。

「うぅ……そういうとこ、ずるいですよ。ナチュラルに頭撫でるし」

「あ、ごめ――」

「やめないでください！　しばらくナデナデの刑です」

「なんだそれ……」

「私が満足するまで、撫でてください」

「買い物はいいのか？」

「それはそれ、これはこれです！」

謎の時間。

これは妹。いや、まぁ妹みたいなもんってのはしっくりくるんだけど。

「はぁ……というかやっぱり恩返しなんて気にしないでいいんだぞ？」

「そうはいきません。それっきりで先輩は大学に行ってちょっと勇気を出してウェイ系のサークルに入ってよくわからない先輩の女の餌食になるのが目に見えてます」

「いやいやどういうことだよ」

「先輩はそういうとこで変な冒険心を出しがちです。知ってるんですよ、あっちの部屋でちょっと変わったペット飼ってるの」

「ほんとになんで知ってるんだよ……怖いな……」

確かに目隠しの向こうに変わったペットはいる。

見せられないものというわけじゃなく、その方がそのペットに都合がいいから隠れているんだけど……本当にどうして知られてるのか不思議でしょうがない。

「とにかく、今ここでしっかり面倒(めんどう)を見ないと……その……私にチャンスがなくなるじゃないですか」

「……はぁ、後半よく聞こえなかったけど、まぁとりあえず買い物、行くんだろ？」

立ち上がって準備を始める。

「あっ……」

「そんな名残惜(なごりお)しそうな声出さなくても……別にやってほしけりゃやってやるから、とりあえず行こう、遅くなってこれ以上寒くなるのは勘弁(かんべん)してくれ」

「ほ、本当ですかっ!?　約束ですからね！　絶対ですよ！」

「お、おう……わかったから」

近い！

「うぅ……なんかその余裕がムカつく……これが妹がいるお兄ちゃんパワー……というか私完

全に妹扱いじゃないですか！」

「そうじゃなかったら追い出してるからな」

「それは嘘ですって前にも言いましたー！」

「はいはい。いいから行くぞー」

「うぅ……完全に妹ポジションになってる……いいです。先輩のために磨いた家事スキルで虜にしますから！」

あーだこーだと言いながら買い物に出かけることになったのだった。

◇

「油断した……大丈夫か？」

帰り道。

突然土砂降りの雨に打たれた俺たちは何とか走って家に帰ってきた。

「うぅ……寒いです……あ、良かった。券は無事です。その、お風呂に……何なら一緒に」

「くだらないこと言ってる場合じゃないだろ。いいから風呂場いけ」

「えっ!?　いいんですか？」

「一緒じゃないからな!?　お湯がたまるのに時間かかるけどその間もシャワーは同時に使える

から好きにやれ」

　こっちも寒いけど俺は着替えもあるしタオルで拭けばなんとかなる。

　それよりも……。

「ハイテク～。クシュンッ」

　本気で寒そうな葵が心配になる。

「いいからもうさっさと入れ」

「あの……」

「ん？」

「えっとですね。入るのはいいんですが、その……このままだと私、出てきたとき裸になっちゃってですね……先輩がどうしてもと言うなら——」

「置いてある俺の服自由に使っていいし乾燥機も使っていいから、じゃ」

「あ、もー！　……でも、ありがとうございます」

「おう、ゆっくりしてろ」

「でも先輩も濡れてるのに……」

「俺はこたつがあるし、もうほとんど乾いた」

「嘘つきークシュッ」

「良いから入れ。ちゃんと温まるまで出るなよ」

「うぅ……わかりましたー……」

押し込むように脱衣所に葵を閉じ込めてやっと一息つく。

早く葵を遠ざけたかった理由は……。

「透けてたな……葵の服……」

目のやり場に困ってどうしたらいいかもわからなくなっていた。

まあとにかく、買ってきたもの冷蔵庫にしまおう……。

◇

「すみません……私だけ温まっちゃって……」

申し訳なさそうな葵が部屋にやってくる。

俺もうこたつで温まって回復したところだった。

いや、そんなことより……。

「それは……」

「ん？　ああ、これもごめんなさい。勝手に借りちゃって」

「それもいいんだけどな、その……なんでワイシャツ一枚しか着てないんだよ」

「あー……あのですね……」

「なんだ」

「私、下着も乾燥機の中じゃないですか？」

「っ⁉」

思わずお茶を吹きかけて慌てる。

「で、流石にその状態で先輩のズボンお借りするのはなんというか……」

「待て待て待て待て、良いから！　穿いてくれ！　頼むから！　というか上もなんかもうちょい重ねてくれ！」

「こたつに入ってれば大丈夫かなって思ったんですけど……ダメですか？」

「勘弁してほしい」

「いっそもう襲ってもらって既成事実を……」

「やめろ」

「そんな強く否定しなくてもー……券使って襲わせようかな」

「恐ろしいこと言うな！　いいからなんか着てこい！」

「えぇー……まぁ、赤くなってる可愛い先輩が見れたから今日はこの辺にしときますか」

「こいつ……」

頭を抱える俺をよそに楽しげにパタパタと脱衣所に戻っていく葵。

油断も隙もないというか、いやこの場合隙だらけなのか……。

その後ふるまわれた料理はちゃんと美味（おい）しくて、振り回されながらも悪くない時間を過ごしたのだった。

◇

「あれって……」

月宮奈津菜（つきみやなつな）が一人、部屋で考え込む。

あの雨の日、スーパーから出てきた健斗と、制服姿の美少女の姿が頭から離れず、忘れようとしてもこうしてふとした拍子（ひょうし）に思い出しては頭を抱えていた。

「うぅ……私には関係ないのに……」

幼馴染みとはいえもうずっと接点がなかったのだ。だというのにどうしても気になって仕方ない。

奈津菜は券が原因でこうなったことを知らない。

あれだけ遊んでいた健斗が、たった一度の些細（ささい）なきっかけで疎遠になったというのが、奈津菜の感覚だ。

だが当然、そのきっかけを作ったのは自分であることも自覚している。

「……はぁ。何してるんだか」

神社である家の手伝いの最中。机に書類を並べて整理していたのに、気づけば幼少期の思い出の品を手元に持ってきていた。

そこには何枚もの何でも言うこと聞く券がある。奈津菜が書いたものも、健斗が書いたものも。

効力を持った本物は、奈津菜が意図せず失うことになったのだが、それでも幼い日々のなかでため込んだ思い出の品。

本来なら捨てていてもおかしくないそれを、奈津菜はずっと大事にしまい込んでいた。

†デート†

「わー、先輩がデートに付き合ってくれるなんて思ってませんでした」

「脅しておいてよく言う」

「えー。脅しじゃないですよー！　脅すなら一緒に行ってくれないと先輩の恥ずかしい秘密を先輩の口から喋ってもらうとか言いますから！」

「それはそれで最悪だ……」

葵が家に押しかけてきて初めての休日。

突然家にやってきたかと思うと強引に俺を連れ出したわけだ。

『先輩に今日予定がないことは確認済みです！　来てくれなかったら待ち合わせ場所で泣きます』

こんなことを言って。

券を使わなければ何をしてもいいというものではない。

というより、なんで俺の予定を把握しているのかとか色々聞きたいこともあったんだが、なんだかんだなし崩し的にこうして待ち合わせ場所に来てしまった自分がいた。

「なんで俺、こんな後輩に何でも言うこと聞く券なんて渡しちゃったんだろうな」

「あはは。まぁまぁ、今日は私なりに先輩に楽しんでもらうためのデートプランですから！」

デートという言い方が引っかかるがスルーしよう。

「どこに行くんだ？」

「動物カフェです！」

「動物カフェ……猫カフェみたいな？」

葵がそういうものが好きなのかと思ったが……。

「はい。でも今日行くところはフクロウとかカワウソとか、ちょっと変わった動物と触れ合えるんですよ！」

「おお……」

「わかりやすく目が輝きましたね」

見透かされている……。

「というか先輩が隠してるつもりのあのペットちゃん、なんていうんですか？　トカゲですよね？」

「ああー……なんで知ってるのかわからないけど、トカゲだな」

「大きいんですか？」

「うちの子はまだ成長途中だから手のひらサイズかな」

「へー。今度見せてくださいね？」

「まぁ、いいけど……というか抵抗ないんだな、そういうの」

飼ってるペットを隠している理由はいくつかある。

爬虫類は懐く生き物ではなく、慣れる生き物。

こちらに慣れてくれればいいんだが、俺はなんとなく家にいてくれるだけでありがたいし、環境に慣れるまではそっとしておくという意味で人目に触れない場所に置いてあるわけだ。

あとは温度管理が楽だとか色々だが、最大の問題は人を選ぶ点だ。

一人暮らしとはいえいつ人が来るかわからない以上一応人目につかないようにと考えたんだが……。

「先輩の好きなものは私の好きなものです！」

まっすぐ、キラキラした目で葵が言う。

思わずドキッとさせられたのが悔しいのでちょっと仕返ししてやろう。

「なるほど……餌が虫だとしても？」

「え……？」

「中にはあの嫌われ者ナンバーワンの黒く光る虫を餌にしてるやつも……」

「えっ、えっ……」

「知ってるか？　トカゲの飼育者って、餌も飼ってるんだぞ？」

「じゃあ……あの部屋の奥って……」

徐々に顔が青ざめていく葵。

なんというか、言った手前受け入れたい気持ちと、生理的な拒絶反応が顔に現れている。というか葵は顔に出やすいのでそういうところは見てて可愛いな。

と、このくらいにしておいてやろう。

「まぁうちの子はもう野菜メインだから虫はいないけどな」

「もー！　身構えたじゃないですかー！　あれ？　でもいずれはそういうのも……？」

「種類によるけど、うちの子は大きくなるほど野菜メインになっていくからもうない」

「もうってことは……」

「まぁ、小さい頃は生き餌のほうが餌付くからな」

過去あの部屋に餌用とはいえそういう生き物がいたのは事実だ。さすがにGではないけど。

あとまあ、状況によりあいつのためにもう一度餌を用意することをためらうつもりはない。

「なるほど……頑張ります」

「いや、何を頑張るんだ……って、ここか」

そうこうしているうちに店に着いたらしい。

近くに来るまで気づかないくらいの小さな入り口だが、逆に近くに来るとこれでもかと主張してくる。

入り口にはもうフクロウが鎮座（ちんざ）しているくらいだ。

「先輩！　入りましょ！」

「あ、ああ……」

されるがままに手を引かれて、店内に入ると……。

「おお……！」

「先輩、本当にこういうの好きなんですねぇ」

楽園が広がっていた。

入る前から見えていたフクロウはもちろん、ウサギ、モルモット、チンチラ、ミーアキャット、ミニブタ、大きなリクガメ、カメレオンやイグアナまで。

店内のいたるところに可愛らしい生き物が並ぶ。

もちろんこれも、人を選ぶんだろうけど。

「あ、もう予約とか全部済ませてますしバッチリ予習済みなので先輩はついてくるだけでいいですからね！　すみませーん！」

「変なところはしっかりしてるな……」

テキパキ受付を済ませて席に案内され、システムと注意点を確認する。

注意点は予習済み、と言っていなくなっていた葵は、その間に何かを頼んできたらしい。

「お、おお……これは」

「えへへ。フクロウ乗せて写真撮ってもらえるんですよー！　どうですか？」

スタッフの手から葵の腕に移動させられ、バサバサとはばたいてバランスをとるフクロウ。

「いいな……というか大きいな」

「ヨーロッパワシミミズクっていうらしいですよ」

「重くないのか？　あとその腕につけてるグローブって……」

「先輩、興味津々で可愛い……先輩の分ももらってきたのでつけてください」

「ああ……」

「で、このリードを持って、はい」

「お、おお……」

腕にフクロウがとまっている。おとなしい子で、特に暴れる様子もなくじっとこちらを見つめてくる。

「可愛いな……」

フクロウに見惚れているといつの間にか葵がカメラを構えていた。

「いきますよー！」

「え？　ああ……」

されるがまま、というか、動けないので撮られるんだが……。

「記念ですよ？　記念。ふふ……これで合法的に先輩の写真が……」

カシャカシャカシャ
「撮りすぎだろ！」

「ちなみに先輩、この写真が欲しければ私に連絡先を教えないといけませんよ？」

「そういえばうちに押しかけてきただけで連絡先も交換してなかったのか」

「そうですよ！　デートだっていうのに家に迎えに行かないといけなかったんですから」

「俺は今朝まで何も知らされてなかったからな……」

「まぁまぁ、でも写真、欲しいですよね？」

「それは……まぁ……」

「ふふーん。連れてきた甲斐(かい)がありました」

「お前、さっきまで俺のためとか言ってたのに」

「でも、嬉(うれ)しいですよね？　先輩」

「まぁ……」

悔しいがかなり楽しんでいる自分がいた。

「じゃ、写真も撮ったしこの子も戻ってもらって、いろんな子がいるので一緒に見て回りましょー！」

「はいよ。ありがとな」

フクロウの頭を指で撫でると目を細めてこちらに頭を寄せてくる。

本当に人懐っこくて可愛い。

「あ、いーなーナデナデ」

「葵も撫でるか？」

「そうじゃないの、わかって言ってますよね？」

フクロウを近づけるが葵は不服そうに頰を膨らませるだけだった。

葵はいったん無視して、別の子との触れ合いを頼もう。

「むぅ……先輩が喜んでくれてるのは嬉しいですけど、なんかその分私の扱いがどんどん雑になっていってるような……」

ブツブツ言う葵を置いて色々見て回る。

放し飼いされているイグアナは撫で放題ということで、機嫌がよさそうな子だけ触らせてもらったり、オプションで野菜を買うと察知したカメがやってきて餌を要求してきたり、色々堪能できる施設だった。

「すごいな、ここ」

「へへ、気に入ってもらえて何よりです」

自分のことのように胸を張る葵。

と、何かを見つけて葵がパタパタと走り出した。

「ハリネズミ……！　可愛い！」

「好きなのか？」

「はい！　なんか可愛くないですか？　このフォルムとか。うわーいろんな子がいるー！」

葵のテンションが上がる。

ハリネズミも触れ合えるらしいので、店員に頼んで席で触らせてもらうことになった。

テーブルの上に木箱が置かれ、その中に一匹、葵が選んだ白っぽい子が入れられる。

「おお……これが……ハリネズミ……触れるんですねー」

木箱に手を入れても無抵抗。

フクロウのように寄ってはこないものの、抵抗しないだけでもかなり懐いている……というか慣れていると言える。

「普通触れないというか、ハリ逆立てられるから痛いんだけど、この子はよく慣れてるから全然逆立てないな」

なんなら気性（きしょう）が荒いとその状態でタックルしてくる子までいるんだけど……。

「私もっとトゲトゲしてて全然撫でられもしないと思ってました」

「それが普通だと思う。この子は抱っこまでさせてくれるみたいだぞ？」

「いいんですか？　じゃあ……」

おそるおそるといった様子で葵が木箱に手を入れて、そっとハリネズミを手に持つ。

そして……。

「ちょっと……え？　あれ？　ちょっと!?　どうして服の中に!?」

「急に元気になったな」

「感心してないで助けてくださいー！」

「助けるって言っても服の中に入ったなら俺は手出せないだろ」

袖口から器用に葵の服の中に入り込んでいったハリネズミを見送りながら、なぜか足元にやってきたイグアナを撫でる。

「ちょっとくらい変なところ触ってもいいですから！　ほら！」

「いやいや!?」

必死すぎる……。

「あー、巻使っちゃう!?」

「おいおい……」

「むしろどさくさでおっぱいくらい触ってもらって……きゃっ……ちょっと、くすぐった……もー、助けてくださいー」

「……巻を使われると変なことさせられそうだからやるけど……動くなよ？」

「それは……あはは、くすぐった――んっ」

「変な声だすな！　ほら、救出したぞ」

「ふぅ……もー、とんだいたずらっ子でしたね……えっち」

「メスらしいけどな」

「今のは先輩に言ったんです」

「いや、俺どこも触らないようにしただろ⁉」

なぜかその後も葵にジト目で睨(にら)まれた。

理不尽すぎる……。

久しぶりの学園

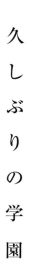

「お、来やがった」

「修二(しゅうじ)」

久しぶりの登校。

土日を挟(はさ)んだというのももちろんあるが、俺の場合推薦(すいせん)で進学を決めているのでそもそも学園に来る機会を意図的に減らしているのだ。

うちは中途半端ながらも進学校を名乗っており、もうこの時期の授業はほとんど受験対策だけになっている。

推薦で決まった人間はどうしても気が緩(ゆる)むし雰囲気(ふんいき)を崩(くず)すから、学園側ももう自由参加の枠(わく)にしており、俺も乗っかって一人暮らしの慣らし期間にしている。

「くそー。俺もお前みたいに真面目(まじめ)にやってりゃ今頃遊べたのになぁ。いやまぁ、その分お前は大変だったんだろうけどさぁ」

「今の修二を見てるとどうだろうな……」

最初から推薦狙（ねら）いというわけでもなく、なんとなくそうなれた身としてはラッキーだった面が大きい。

「ま、そんなことはいいんだよ。たまにしか来ねえんだから話そうぜー」

机に突っ伏してやる気なさそうにしながらも、目だけは合わせてくる。

最低限とはいえそれでも週の半分以上は学園に来るわけだし、そのたびこうして話しかけてくれる存在はありがたいな。

修二との付き合いはこの学園からだが、目の前のことに常（つね）に全力な気持ちのいい友人だ。

遊びも、部活も、行事も……とにかく全力投球で楽しみ続けて、今はその気力をほとんどすべて受験勉強に注いでいる。

一見チャラっとしているが成績的にも上位の大学を狙っていける、俺からすればなんでもこなせるすごいやつだった。

「大丈夫か？　ぼーっとして。さっきから携帯ずっと震えてるぞ」

「え？」

修二の指摘（してき）を受けてカバンの上に置かれた携帯が震え続けてることに気づいた。

「なんだなんだー？　女か？　お前俺たちが勉強で忙しい間に女を作りやがったのか！」

修二の言葉に周囲のクラスメイトも反応を見せる。

「なんだと!?」

「裏切者か！」

あっという間に机の周りを囲まれる。

「にしてもあの全く女子を寄せつけない健斗がいつの間に……」

「いや、そういうわけじゃ……」

携帯を振動させているであろう人間など一人しか思いつかない俺は違うとも言い切れない。

「ま、それはそうと最近何してんだよ？」

「そうそう。俺ら一応勉強で忙しいから気になってるゲームがさー」

「あの漫画どうなってる!?」

囲まれたまま今度は質問攻めにあう。

やっぱりちゃんと勉強しているというか、追い込みの時期にきていよいよ娯楽も自分たちで制限をかけているんだろうことがうかがえる。

「いっぺんに来るな！　というかネタバレしていいのか」

「いいよいいよ。気になったままの方がいやだし」

じゃあ読んだらいいだろうとは言えない。

ちょっとの気の緩みが一気に崩壊を生む可能性は否めないから。

だからまぁ、後で読んだときに嫌にならないラインを見極めて話をしていく……。

何とか一人ずつ返せる範囲で話を進めていると、修二が耳打ちしてきた。

「なんだかんだでみんなお前と話したいってことだな」

と。

笑いながら冗談めかして言う修二。

真っ先に俺に話しかけてきて、こうなるようにわざと人が集まる話題を振ってみたりと、本当に修二はありがたい存在だった。

そんなこんなで休み時間はしばらく捕まりっぱなしで、携帯のことなど忘れることになったのだった。

◇

「む……先輩、全然見てくれない」

携帯を握りしめながら先輩の返事を待っても一向に返ってこない。

せっかく連絡先を交換したのに、あれからやったやり取りは送った写真についたありがとうくらい。

いやもうちょっと他にもいろいろ送りつけたけど返事はよくても三回に一回だ。

もう少し気にかけてくれてもいいのに……。いやでももともと先輩はあんまり携帯いじるタイプでもないし……。

「あれ？　葵ちゃん、またお仕事忙しいの？　お母さんの仕事手伝ってるんだよね？　すごいなぁ」

「あはは……まあそんな感じ？」

危ない危ない。

芽衣ちゃんの前なんだしそれでなくても嘘をついてて申し訳ないのに。

歌手活動のことはまだ言えるような感じじゃなくて隠しているせいでこんな言い訳になってしまっている。

「てか葵、それ男っしょ？」

と、横にいた美羽も突っ込んでくる。

「――っ!?」

「えっ!?　そうだったの!?」

なんでバレたの!?

いやそうじゃなくて……。

「ち、違――」

「うちさー、割と近くのスーパーでバイトしてるんだよねー？」

「あっ……」

だめだ。

これはもう言い逃れができなそう……。

「見ちゃったんだなぁ。葵が年上っぽい男と歩いてんの」

「ほわー。すごいね葵ちゃん」

対照的な二人の反応にどうしていいかわからなくなる。

一見してギャルっぽい三島美羽。

ほわほわしていておとなしい浅野芽衣。

私がどう見られてるかはよくわからないけど、二人を見てるだけでもよく仲良くなったなぁとちょっと不思議なくらいだ。

それでもなんとなくこうして、休み時間のたびに話す仲になって、私にはすごくありがたい存在——なんだけど、今はちょっとどうしていいかわからない。

「葵ー？　今白状するなら協力してあげてもいいけど？」

「協力……？」

「そそ。逆にさー。うち、ちょっと好みだったんよねぇ。葵と一緒にいた男の人」

「なっ!?」

ニヤリと笑う美羽が本心かどうかはわからないけどとにかく焦った私は……。

「言う！　言うから！　だから先輩にちょっかいかけちゃだめだからね!?」

テンパりながらも必死に弁明を始めることになったのだった。

葵、強襲

昼休み。

ようやく一息つけると、購買を目指して机を離れたところだった。

「見つけましたよ！　先輩！」

「は!?　葵!?　なんでここに……」

廊下から俺を見つけた葵が突然声をかけてきた。

三年生である俺たちと葵のいるフロアはそもそも階が違う。

その事実だけで葵に注目が集まった。

「え、お前まじであれ女だったのか……？」

驚いた様子の修二が俺と葵を交互に眺める。

修二だけじゃない、クラスメイトたちがざわめきたった。

「というかあれ！　ミスコン優勝してた天原さんじゃん」

「おい生野お前いつの間に!?」

「あれ……ここまで目立つ予定はなかったんですが……」

　葵の反応に当たり前だろうと思いながら頭を抱える。

　上級生のいる階に来るだけでも目立つのに本人が有名人すぎるのだ。

　もちろん歌手活動のことは表に出てないけど、それでもその容姿だけで十分目を引くものがあるし、実際それでミスコンで優勝している。

　当然の結果といえばそうなんだが……。

「うぅ……先輩！」

　人目に耐えられなくなった葵が弱った様子で俺を呼ぶのでとりあえずなんとかしよう……。

「わかった、行くから！」

　クラスの男子にもみくちゃにされながらなんとか廊下に向かった。

「もう……やっと来てくれた」

「悪かった……。いやこうなったのは葵のせいだろ」

「違いますよ！　先輩が全然連絡返してくれないからじゃないですか！　購買行かれたら無駄になっちゃいますから！」

　そう言いながら俺の目の前に突きつけてきたのは……。

「お弁当。作ってきました。一緒に食べましょ？」

「え？」

「いいから来てください！　私だってさすがにここまで注目されると恥ずかしいんです！」

言われて顔を見ると確かに赤くなって弁当に隠れるようにしている。

まあそりゃこんなところに来て目立ったらそうか……。いや、なら来なければとも思ったが、それについては俺が携帯を見てなかったのが悪いな。……悪いのか？

まぁもう言ってもどうしようもないか……。

「仕方ない。行くか」

「はい！」

後ろで騒ぎ立てるクラスメイトたち。

あとで色々聞かれるだろうなと思いながら、葵に連れられて屋上へと向かったのだった。

◇

「ふふーん。先輩なかなか学園来ないですし、一回くらいやりたかったんですよねぇ。一緒にお弁当」

上機嫌に弁当を広げる葵。

切り替えが早い……。俺はこのあとどう言い訳するかで頭と胃が痛いというのに……。

屋上にほかに人がいないのが救いだった。

基本的に開放されている屋上だが、そんなに人気のスポットというわけではない。物珍しさで一度は来るんだが、妙にビル風が吹いて物は飛んでいくし、何よりこの時期、寒いのだ。

葵もひざ掛けを持参していた。

「にしてもよく来たな……教室まで」

「そうですよ！　行きたかったわけじゃないんですよ!?　私だって。もう少し先輩は携帯を見てください！」

「それは反省してる」

本当に反省している。

葵の行動力を甘く見たことに。

携帯くらい見なくてもまあ困ることはないかと高を括っていたらこれだ。今度からはもう少し見るようにしないといけない。

教室に戻るのが少し怖いくらいだからな……。

「先輩が素直に反省するなんて珍しいですね」

「まあな」

真意に気づかない葵はわかりやすく調子に乗っていた。

「ま、それはそうと……じゃーん！　どうですかー？　たこさんウインナー！　卵焼き！　唐揚げ！　先輩の好きそうなもの全部作りましたよー！」

「葵の中の俺のイメージ、結構子どもというか……」

「あれ、だめでしたか？」

「いや、好きだけど」

そのラインナップが嫌いな男子を探す方が難しいだろう。

「ならよかったです！　ほら、口開けてください！」

「嫌だよ。自分で食うから——」

そう言ってから気づく。

葵が俺に箸を渡そうとしないことに。

「ふふふ。普段は購買で買ったパンを食べるだけですもんね？　お箸、持ってないですよね？」

ニヤニヤとウインナーをつまみながら見つめてくる葵。

こいつ……。

「ほらほらー？　早くしないと食べる時間なくなっちゃいますよー？」

「それはそうだけどお互いだろ？」

「むしろ先輩の場合、私がご飯食べられずに教室戻ることになる方がダメージになる気がしますね」

「こいつ……」

本当にタチの悪いやつだった。

「ほらほらー？　あーん」

そんなことをして調子に乗っていたせいで……。

「あっ……」

ウインナーが箸からこぼれていく。

「あぁあああああ！」

必死に拾おうとする葵だったが伸ばした手はむなしく空(くう)を切る。

ポトっと、タコさんウインナーが地面に落ちた。

「そんな……うぅ……せっかく頑張って作ったのに……一番上手(うま)くできたやつだったのに……」

涙目になる葵。

多分この弁当のために早起きしたんだろう。いつもより疲れて見えるし、そのせいで起きた事故だとしたら……。

「このくらいなら食えるだろ」

三秒ルールだ。

指で摘(つま)んで口に放り込んだ。

それに地面といっても葵が広げた弁当の包みの上だったしな。

「そんなっ!?　汚いですから！」

「ちゃんと美味しい、ありがと」

「――もうっ！　ずるいです」

ずるいついでに箸ももらうとするか。

「美味しいからゆっくりちゃんと味わいたいし、あとは自分で食いたいな」

「……ほんとに先輩！　たち悪いです！」

葵にだけは言われたくないと思いながらも、顔を真っ赤にする葵にこれ以上何かを言って墓穴を掘りたくないので黙って箸を受け取った。

相変わらず料理はどれも美味しくて、あっという間に完食する。

「ごちそうさま」

「はい。お粗末さまで――あの、弁当箱持って帰ろうとしてません？」

「洗って返すぞ？」

「いいですから！　回収されたら次作れないじゃないですか！」

「流石にもう教室に来るのは勘弁してほしいんだけど……」

なんなら学園で一緒にいるのもまずい。

色々まずい。

「むう……仕方ないですね。まあ先輩は次は断ると思ってましたしそれはいいです。せっかく受験勉強してるクラスメイトの皆さんに気を遣ってるのに、私がかき乱したら意味ないですもんね」

「わかっててやったのか……」

「あれは！　先輩がなかなか見てくれないからじゃないですか！　それにあんなに目立つなんて思ってなかったんです！」

手をパタパタさせながら必死に弁明する葵。

あまりの必死さに気が緩（ゆる）んだのか、ついこんなことを口にしてしまった。

「もう少し自分の可愛（かわい）さを自覚してくれ」

「――っ!?　可愛い!?」

「いや……これは……」

「もっかい！　もっかい言ってください！」

携帯を差し出しながら詰め寄ってくる。

絶対録音してる……。

「言わない！　というか、誰か来たけど知り合いじゃないのか？　あれ」

「え？　あっ！　芽衣（めい）ちゃん？」

屋上の入り口にちょこんと、後輩と思（おぼ）しき女子生徒が現れていた。

「お邪魔しちゃってごめんね？　次の授業、移動教室になったから伝えなきゃと思って」

「わー！　ありがと！」

!?
可愛い!?
ポフッ

「うん。あれ？」

芽衣と呼ばれた後輩の子と目が合う。

「生野先輩！　この前はありがとうございました！」

ぺこり、とすごい勢いで頭を下げてくる後輩。

見覚えはある、けどうまく思い出せない……。

「葵ちゃんが言ってた先輩って、生野先輩だったんだ！　この前勉強見てもらってすごくわかりやすかったんだよ！」

「あー！　あのときの！」

職員室に立ち寄ったときに質問に来ていた子だ。質問先がうちの担任。

そしてその担任に半(なか)ば脅(おど)されて押しつけられたんだが……。

「先輩⁉　どういうことですか!!!」

「いや……」

葵が見たことない顔をしている。ちょっと怖い。

「私という可愛い後輩がいるのに芽衣ちゃんにも手を出してたんですかっ⁉」

「人聞きが悪い！」

「でも！」

「ちょっと勉強教えただけだ」

「私には教えてくれないじゃないですかー！」

あ、この顔は見たことがあるな。

膨れる葵をなだめるように言う。

「必要がなかっただろ」

「ありますよ！　私芽衣ちゃんより成績悪いです！」

「そんなことで胸を張るな！」

無茶苦茶言い始める葵を見て、隣にいた芽衣ちゃんと呼ばれた後輩が吹き出す。

「ふふっ……仲良いんですね」

葵と違って大人しそうな子だが、その表情だけで葵との関係性が見て取れるようだった。

「芽衣ちゃん、先輩に手出されてない⁉」

「本当に人聞きが悪い！」

「手出されてるならどんな手を使ったのか教えて――いやでも聞きたくない……おっぱいの大きさって言われたら勝ち目がない……」

「ちょっと葵ちゃん⁉」

バッと胸を隠しながら顔を赤らめる後輩。

と、そこでチャイムが鳴る。

「あ……」

まだ予鈴だが少なくとも二人は動き出さないとだろう。

「ほら、移動があるなら早く戻った方がいいだろ」

二人を促す。

葵がサッと俺が持っていた弁当箱を持って立ち上がった。

「あ」

「洗い物までセットで恩返しですからね！」

なぜか上機嫌に葵が言う。

仕方ない。甘えることにしよう。

「あれ？　恩返しだったんだ。じゃあ私も先輩にお弁当作った方が――」

「芽衣ちゃんはいいから！　ほら、早く行こ！」

「わっ！　あ、あの……ありがとうございましたぁあああ。わぁ、葵ちゃん引っ張らないでぇええぇ」

葵に引きずられて芽衣ちゃんと呼ばれた後輩が運ばれていく。

少し遠くから二人の叫び声がかすかに聞こえてくる。

「芽衣ちゃんのおっぱいで恩返しなんかされたら私が勝てなくなっちゃうでしょ!?」

「えぇえ!?　おっぱいは関係な――ちょっと葵ちゃん!?」

聞こえなかったことにして教室に戻ることにした。

幼馴染みと不思議な神社

「ぎりぎりになって戻ってきたところ残念だったが、この授業は自習になった」

昼休みを終えて、追及を避けるために本鈴のチャイムと同時に教室に入った俺を修二（しゅうじ）が待ち構えていた。

修二だけじゃないな……。

「ということで聞かせろ。天原（あまはら）さんと何があった」

「どこで知り合った」

「どういう関係なんだ!?」

「連絡先教えろ！」

教室に入ることもできず囲まれる。自習ということで教師もおらず、この教室だけはほとんどまだ昼休みの延長ということらしい。

「とりあえず、席に着かせてくれ。話すから」

諦（あきら）めざるを得ないだろう。真面目（まじめ）に勉強しているクラスメイトの邪魔にならないように教室の隅にある俺の席で話をすることにした。

「で、どういうことだ」

「えーっと……実は昔からの知り合いなんだよ」

嘘ではない。

言ってしまえばそう、幼馴染み。

事実はどうあれ親同士のつながりが匂わせられる。思春期の男女のつながりの免罪符だ。

このカードの有効性を、俺はよく知っている。

「ってことはあれか？　月宮と同じなのか」

「まあ、似たようなもんだな」

修二がしっかり乗ってくれたおかげで無事、予定通りの会話に落ち着いていく。

「なんだよ。またそのパターンか」

「じゃあ別に何ともないわけか」

「むしろ健斗、月宮とはほとんど話してるのも見ないよな」

一気にトーンダウンしていくクラスメイトたちに安堵する。

俺と奈津菜が幼馴染みであるのは周知の事実だ。

お互い休むと配布物を家まで届ける役目を担わされていたからな。

「まあそんなわけだから、特に面白い話もないし、連絡先も俺経由じゃない方がいいだろ？」

「それは……」

幼馴染み。親同士のつながりの匂わせ。

俺からの紹介はつまりそちらにも筒抜けということで、軽率には動けなくなる男子たち。

「にしても……そうだよな。あの月宮と幼馴染みなんだもんな」

あの、と言った理由は色々あるだろうけど、一番は奈津菜の家の話だろう。

「月宮神社、俺は行ったことないけどすげえんだろ？」

「俺ちゃんと合格祈願してきたぞ」

「まじか。みんな行ってるよなぁ。あの神社」

奈津菜の話から神社の話へ。

俺と奈津菜が昔よく遊んでいた月宮神社には、願いを叶える力があると言われている。

それだけならまぁ普通なんだが、その効果が絶大なのだ。

俺たちにとって目下必要な合格祈願についても、一度もC判定を越えなかった先輩が志望校に合格した前例がある。

地元、そして学園では有名な神社なわけだ。

「実際どうなんだろうな。まあ俺は何とかこの受験勉強の日々を抜け出せたらそれでいいよ」

「だよなぁ」

一気に現実に引き戻されていくクラスメイトたち。

ちょうどいいからここで区切りをつけよう。

「なら、神頼みもいいけどそろそろちゃんと勉強に戻った方がいいだろうな」

「それもそうだな」

「まあでも昼飯を一緒に食ってきただけでも話は気になる」

「また今度聞かせろよ」

そんなことを言いながら次々離れていくクラスメイトたち。

受験前というのもあるが根が真面目なのが多い。自習とはいえ立ち歩いているのは居心地が悪かったんだろう。

だが席が近い修二についてはその限りではない。

小声で声をかけてくる。

「で、実際のところどうなんだ？」

ニヤッとしながらそう言う。

こいつだけは誤魔化せないな……。

「月宮以外にそういう相手がいたとは聞いてなかったし、何より本当に昔からの知り合いなら去年のミスコンでもうちょい反応してただろ」

「……昔からの知り合いってのは嘘じゃないぞ」

「ほう？　じゃあ最近再会したわけか」

「……まあ……」

言えない事情があるのでどうしても歯切れが悪くなる。

それを察した修二がこう言った。

「まあそっちはいいとして……月宮はいいのか？」

「どういうことだよ」

「俺からするとどんな事情があれ、お前の周りに女子が現れたのは、なにか変わるきっかけになる気がするんだけどな」

俺と奈津菜が幼馴染みであることは周知の事実だが、それに加えて修二は俺たちが疎遠になったきっかけを知っている。

何か変わる……か。

「なんというか、これまでは二人ともお互いをというより異性ごと避けてる感じがあっただろ？」

「奈津菜も？」

「ああ。というかあれだけの美人が今まで一切男の噂がなかった理由、お前だぞ」

「え？」

全く気づいてなかった。

確かにそういう噂はなかったけど……。

「月宮に挑んだ男はみんなお前を理由に振られてるぞ」

「は!?」

「将来を約束した相手がいるってな。神社の娘の常識なんて知らない俺らからすれば、思い浮かぶのはちょうどよく幼馴染みをしてるお前なんだよ」

「んなバカな……」

とはいえまぁ、その気持ちは理解できなくもない……。

「ましてお前もお前で、かなり身持ち固かったわけだし」

「身持ち固くしてるわけじゃなかったんだけどな……」

俺の場合はあの件をきっかけに異性との関わり方を見失っただけだ。

「ま、どうするかは任せるけど、放っておいていいわけじゃなさそうだぞ?」

修二がそう言いながら机に向かって姿勢を戻していく。

俺の頭の中は当時の記憶が蘇っていた。

◆

「できた!」

「できた?」

「ほら！　もうすぐ誕生日でしょ！」

「なにこれ？　なんでもいうことききくけん？」

「そう！　一回だけなんでも、私が健斗のお願いかなえてあげる！」

「すごい！　えー、何にすればいいんだろ」

「ふふん。よく考えて使ってね！」


「誕生日プレゼント、ボクもこれにしようかなって……」

「いいのっ!?」

「そんなうれしいの……？」

「うんっ！　大事にする！」

「いやいや！　使ってくれないと！」

「えへへ……これ、おうちに飾るから！」

「だからー」


「今年もこれでいいの？」

「うん！」

「じゃあわたしも、誕生日はこれね！」

「でも奈津菜、去年のも使ってないのに？」

「うぅ……決められないから……」


「ずいぶん増えた気がするけど……」

「もう誕生日も関係なくなっちゃったもんね」

「何かあるたびに作ってたもんね」

「もういらない？」

「いる」

「私も」


「ねえ、男の子と仲いいのって、おかしいのかな？」

「え？」

「みんながね、健斗といると笑ってくるの……」

「それは……」

「だからね。もう、私のところには、こないで」

◆

——キーンコーンカーンコーン

「あれ……？」

チャイムの音に意識を引き戻される。

自分で思ってるより考え込んでいたらしいな……。

そのせいだろうか。

珍しく、教室で奈津菜のことを目で追ってしまっていた。

そしてタイミング悪く、奈津菜も俺のほうを見ていた。

すごい形相で俺を睨みつけながら……。

◇

「やっぱり、間違いない……」

あのときスーパーで見た子。

可愛いとは思ってたけどまさかミスコン優勝の天原さん……!?

いつの間に……。

それに……。

「あの子と話せて……私と話せない理由ってなんなの……」

いや、いろんな理由があることくらい私にもわかる。

でも、それでも……。

「これまでは……私だけじゃなかったのに……」

湧(わ)き上がる思いがグルグル頭の中を駆け巡(めぐ)っていた。

ゲーム大会

「先輩、ようやく先輩の家のホコリかぶってるだけのテレビが役に立つときが来ましたよ！」

「当たり前のように突然来たな……」

「えへへ」

なし崩し的に出かけさせられて連絡先を交換させられてからというもの、すごい勢いでメッセージが来ていた。

そしてその勢いのままにこうしてうちに押しかけてくることが何度かあったわけだ。

「というかひどいじゃないですか！　私めちゃくちゃメッセージ送ったのに三回に一回しか返事くれないなんて！」

「めちゃくちゃ送るからだろ」

「えー、だって先輩、要件終わったらすぐ話切ろうとするじゃないですか。終わらせないように必死なんです」

「なんでそんなに……」

「それは、ずっと先輩と繋がっていたいという可愛い後輩心ですね」

「めちゃくちゃ仲いい兄妹ってこんな感じなのかなぁ」

「また妹扱いするー！」

膨れる葵にどうしたものかと考えていると、葵の方がすぐ話題を切り替えた。

「そういえば先輩、月宮先輩とは喋れたんですか？」

「――っ⁉」

なんでその名前が葵から……と身構えたが、そういえば葵は最初から俺と奈津菜が疎遠なことを知っていたな。

「その反応だと駄目そうですね」

葵に呆れられる。

いやそう簡単にどうにかなる問題ではない。というかそもそも……。

「幼馴染みなんてこの歳になればこうなっててもおかしくないだろ」

「むぅ……先輩、わかってますよね？　これは券のせいだって」

「それは……」

葵が来て、券の効果を見せられた時から感じてはいた。多分葵と俺が疎遠になったきっかけは、あの券なんだろう。

「少なくとも月宮先輩に券のことを話す必要はあるはずです。すぐには無理でも！」

「わかったわかった」

すぐには難しい。

だって目が合うだけで睨まれるほどなんだ。正直まともに話になるのかすら危うい……。

まあいずれ考えないといけないとして、それは一人のときにゆっくり考えよう。

今は葵の相手だな。

「で、何持って来たんだ？」

「あ！　そうそう先輩！　これやりましょ！」

「これって……その荷物か」

「はい！　私たちはもっとお互いを知るべきだと思うんですよ」

ごそごそと取り出したそれは、最新の家庭用ゲーム機だった。

「なんか広告とかで見たことあるゲームだな」

「えへへ。仕事でもらったので。これで朝まで遊び尽くします！」

仕事で……。

そう聞くとやっぱり葵ってとんでもない存在なんだな。

いや、そんなことより……。

「待て待て。さらっと言ってるけど普通に夜は帰ってくれ」

「ふふ。夜は、ってことはもう追い返さないんですねぇ」

「追い返していいのか?」

「わー!　ごめんなさいー!」

パタパタと慌てる葵。

まあ今更帰そうとしても疲れるだけだしな……。

俺の態度を見て安心したのか、葵が話を変えてくる。

「そういえば先輩って、私の帰りあんまり心配しませんよね?　先輩の性格だと夜道は危ないからとか言いそうなのに」

「なんで俺の性格をそんな細かく分析してるんだ……」

妹みたいという意味ではちょっと気になってはいたし、実際当たってるんだけど……。

「でも、私には言ってくれないじゃないですか。なんでですか!」

「いや、タクシーで帰ってるだろ」

「え、なんで知ってるんですか……」

本気で驚いた表情を見せる葵。

「葵の言う通り最初は心配でちょっと外に出て見てたからな」

「えええええ!　あんなに最初距離を開けておいてそんなことしてたんですか!　もー、先輩私のこと好きすぎ——違う。これ誰にでもやりますよね?　先輩」

「なんで怒るんだよ」

途中まで嬉しそうだったのに突然スンとなって膨れだす。

「思い出したんです。先輩、女の子が苦手とか言いながら芽衣ちゃんに勉強教えたりしてましたし」

「いやあれは……」

担任に無理やり押しつけられただけだし、断るわけにもいかない状況だった……って前も言った気がするんだけど。

「とぼけても無駄です！　証拠はあがってるんです！　今日改めて詳しく聞いたんですよ！」

「何をだ」

「先輩は優しくて丁寧で先生よりわかりやすかったからまた教えてほしいとか！　私にはあんまり優しくしてくれないのに！」

「そうなのか」

「ちょっと嬉しそうじゃないですかー！　先輩は私だけの先輩でいればいいのにー！」

「ええ……」

無茶を言う。

「先輩は！　誰にでも優しいところは直すべきです！　というか私にはもっと優しくするべきです」

むくれる葵に俺は……。

「ゲームやるんじゃないのか？」

話を変えた。

「誤魔化さないで下さい！　ゲームなんていつでもできます！　今はそれより大事なことがあります！」

「お、おう……」

「と、とにかく……先輩は私以外に優しくしないでください」

「別に葵にも優しくしてるつもりはないんだけどな」

葵が強すぎるだけで……。

「それもそうでした！　私にはもっと優しくしてくださいよー！」

「じゃあゲームするか」

「適当にあしらわないでください！　まあ……ゲームはしますけど」

なんやかんや言いながらもゲームの準備をし始めた葵を手伝って、久しぶりにテレビをつける。

「家庭用ゲーム機なんて久しぶりに触るな」

「先輩、そういうのあまり触ってこなかったんですか？」

「いや、ここに引っ越してくるまでは結構やってたぞ？」

レースゲームとか、対人バトルゲームとか……。

一通りは触ってきたと思う。

「じゃあこれとか、これとか、前作まではやってました？」

「やったやった」

これを通ってない男子はいないと思えるくらいの有名ゲームたち。

一つはアイテムを駆使して戦うレースゲームで、もう一つは、ダメージを稼いで相手を画面外に吹っ飛ばすバトルゲームだ。

「じゃあやりましょう。キャラは全部解放しましたからね！」

「それ、結構やりこんできたんじゃないか……？」

「ふふふ」

得意げに微笑む葵。

だったが……――。

◇

「先輩！　どうして私の目の前でバナナを落とすんですか！　ああぁぁあああ」

「ちょ、ちょっと待って下さい！　このスターはやっとの思いで手に入れたのにあぁぁあああなんでですかぁあああああ！」

「ふふふ……このキャラはですね、空中で何度もジャンプができるからいくらでも復帰が――あぁぁああああどうして！　メテオはずるです！　ずるー！」

◇

「はぁ……はぁ……やっぱり優しくない」

なんというかまあ、葵はあんまりゲームは得意ではなかった。

そういえばキャラ解放って時間さえかければ、というか放置しててもできるんだったな。

「もうちょっと手加減してくれてもよかったじゃないですかー」

若干いじける葵。

まあちょっと悪いとは思う。

「いやー、久しぶりにやるとつい……」

「もうっ！　でも先輩、意外とゲーム上手なんですね」

「いや、人並みだと思うぞ。むしろ葵が致命的に弱すぎただけで……」

「ぐぬぬ……」

悔しそうに顔をゆがめる。

そしてこんなことを言ってきた。

「教えて下さい」

「教えるほどの実力は……」

「教えて下さい。そして私を新人歌手対抗オンライン大会で優勝させてください」

「それは……無理だろうなぁ」

レベルがわからないうえでなお言い切れるほど、葵の腕は絶望的だった。

「やってみなくちゃわからないじゃないですかー！」

叫ぶ葵だが……。

「いや、オンライン大会ってあれだろ？　生中継とかやるんだろ？」

「そうですけど」

「じゃあ今のままのほうがいいと思うぞ。葵の反応は可愛いから好感度上がるだろ」

「えっ!?　今のもう一回お願いします」

「今のままのほうが好感度が上がる」

「絶対わかってやってますよね!?　可愛いのとこです！　ほら！」

グイグイ詰め寄ってくる葵をかわす。

こんなやり取り前もあったな……。まあいいか。

「まぁそういうわけだから、おとなしくボコボコにされてこい。リアクション練習なら付き合ってもいいぞ」

「もー！　わかりました。私の〝可愛い〟反応の虜（とりこ）になるまで先輩には付き合ってもらいますからね！」

負け続けでもずっとこのポジティブをキープできるあたり、そういうものは本当に向いてるとは思う。

とはいえ腕前は相変わらずで……。

◇

「あぁぁあああああなんで私のときだけ落下地点にこんなに強い人がぁああああ」

「わああぁあああ待ってください待って！　待ってって言ってるのにぃいいいいいい」

「ふふ、アクションじゃなく頭脳ゲームなら私だって負けな――ええええええなんでですか!?　地和（チーホー）なんてありうるんですか!?　なんでぇえええええ！」

◇

「逆にすごいな……。あらゆるゲームの才能がない」

「ぐぬぬ……こうなったらこの券を悪用して……」

「お前はそれでいいのか……」

「だってー！」

「なんというか、実力もないけど運もないよな」

「わぁあああ！　先輩のいじわるー！」

「これならあれじゃないか？　ゲーム配信とかやったら人気出そうだな」

「嫌ですよ！　私ミステリアスなシンガーソングライターで通ってるんですからね！」

「それは……時間の問題だろうなぁ」

「どうしてですかぁあああ！」

結局ずっとゲームに付き合った結果、オンライン大会はそこそこ盛り上げられたとのことだった。

勝負の結果としてはまあ、言うまでもなさそうだった。

リベンジ

「先輩、リベンジです」

もはやツッコミを諦(あきら)めたが今日も葵(あおい)が家に来ていた。

学園が終わったらすぐ来たのであろう時間だ。

「リベンジ？」

「はい。先輩、最近運動してないですよね？　学園への往復だけでもそれなりに運動だったはずですし、体育も出てないですし、これからは意識して身体(からだ)を動かさないとですよ！」

「珍(めずら)しく正論だな」

「私はいつだって正論です！」

胸を張る葵。

確かにあんまり学校に顔出さずによくなってから露骨(ろこつ)に運動はできていなかったな。

「ゲームじゃなく運動でリベンジってことか？」

「まあそうなんですが、今はこんな便利なものがあるんですよ」

「それは……」

「指示に合わせて身体を動かせば運動しながらＲＰＧも楽しめるという画期的なゲームです！」

「おお……気になってたけどあんまり売ってないって話だったよな」

本体——はこの前持ってきて押しつけるようにうちに置いて行ったが、ソフトも専用のコントローラーも品薄で入手困難だったはずだ。

「ふふーん。私に感謝してください！　実は私このゲームにちょっと声入れてるんでもらえたんです」

「え、そうなの？」

「はい。声優仕事もちょっとだけやってるんですよ！」

それはすごい。

というかこんな知ってるゲームに名前があるのがすごいし、それを言うとそもそも葵はフヨウとしてなら相当な有名人なんだった。

「なんかもう何者なのかよくわからないな」

「そこは素直に褒めてくださいよー！　とりあえずやりましょう！　負荷はマックスでいいですか？」

「死ぬだろ」

「あはは」

あははではない。

「とりあえず運動不足の男に合わせてくれ」

「はーい」

「というかこれ、リベンジって言ったけど一人用じゃなかったか？」

「そうですよ？　今日のリベンジは先輩がこのゲームで苦しむ様を眺めるだけ――ではなく、運動不足の先輩のために持ってきたんですから！」

「もうどこからツッコめばいいかわからないな……」

とはいえゲーム自体は気になってたし、やれるならやってみたい。

「まあまあ、とりあえずちょっとやってみましょうよ。なんなら私と同じコースでタイムアタック勝負でもいいですし」

「なるほどな」

ゲームを起動しながら葵が言う。

俺も俺で専用コントローラーを身体に装着して準備していった。

「よーし。じゃあ始めますよ！」

ゲーム画面が動き出す。

内容としては指示された運動をするとそのエネルギーで敵を倒していけるとか。

成長するとやれる運動、というか技が増えるし、その分敵もどんどん強くなっていくので遊んでいれば自然と鍛えられるというコンセプトなんだが……。

◇

「ほら、先輩！　しっかり足上げて！」

「いや、ちょっと待った……休みは？」

「ないですよ！　ほら次の敵です！　早く早く！」

「いや……」

「さっきやってた必殺技使えばいいじゃないですか！　出し惜しみしないで！」

「あれもう一回やったら死ぬ！」

始まってみたらとんでもないスパルタゲームだった。

息を切らしながら葵に確認する。

「ぜぇ……はぁ……なぁ？　ほんとにこれ負荷合わせたか？」

「あはは。先輩必死で可愛いー」

「聞け」

「えー？　合わせたと思いますけど。というか、見てる限りじゃそんなしんどそうな運動じゃないですよね？」

こいつ……。

いや確かに、横から見てればそう思えるかもしれない。

だったらこうしよう。

「……やってみるか？」

「んー……まぁそうですね。少しくらいやってみましょう。でも運動不足の先輩と違って私は負荷上げても大丈夫でしょうからーこれをこうしてー」

自ら負荷を上げにいく葵。

「完全に調子に乗ってるな……」

「まあまあ。知ってますか？　歌うのだって結構筋力と体力がいるんですよ！　私はプロですからね！　このくらい余裕です！」

「なら、見せてもらおうか」

結果はなんとなく読めたが、隣で葵のプレイを見ることにした。

んだけど……。

「先輩。冷静に考えるとこれ、制服でやるのやばくないですか？」

「え？　……ああ」

葵が自分の制服を見ながら言ってくる。

結構横になったり激しくジャンプしたりという動きがあるのに、スカートだと確かに……。

「着替え渡すか」

「うーん。いや、先輩、こっち来てくださいこっち」

「？」

言われた通り移動する。

今まではゲームをする葵を後ろから見る状況だったのに対して、テレビに若干背を向けて葵を正面から見せられる。

「よし。これならおっけーです」

「いや、おっけーじゃないだろ」

むしろ危ないんじゃ……。

と思っていたが葵はなぜか得意げにこう言う。

「これは練習です。先輩」

「練習……？」

「はい。私は今後テレビにも呼ばれるような大物になるので、その角度からなら鉄壁スカートを守れないと駄目なんです」

そうなんだろうか……？

「というわけで、そこから見守っててください。まあ先輩になら下着くらい見られてももう気にしません」

「そこは気にしてほしい」

　俺が気が気じゃない。

「というわけで、やります」

「えー……」

「なんで嫌そうなんですか！　こんな可愛い後輩のパンツが見れるチャンスなんですよ!?」

「俺は葵の方を見ないでゲーム画面に集中する、じゃだめなのか」

「後ろから見られちゃうじゃないですか！」

「いや、見ないように――」

「だめです！　見せたことにすぐ気づければギリギリ大丈夫ですが、知らないうちに後ろからは恥ずかしいじゃないですか！」

　どんなこだわりなんだ……。

「まあそう言うなら……」

「そうです。そこでじっと私の活躍を見守っててください」

　そう言いながらストレッチをして準備する葵。

　もうすでにスカートがひらひらしてて気になるし、テレビに背を向けてるせいで目をそらす先もない。

「ふふん。これいいですねぇ。先輩に意識してもらえるじゃないですか」

「ゲームに集中しろ」

「はーい」

楽しそうに葵が笑う。

こんなに余裕があったのは最初だけだった。

◇

「ぜぇ……はぁ……え？　まだなんですか？　どうして！　さっきはこの攻撃で倒せたじゃないですかー！」

三分経たずに息を切らす葵がそこにいた。

ちなみにもうスカートが翻るほどの動きもできなくなっている。

「自分で負荷あげたんだろ」

「むりぃー。戻してくださいー」

「少なくともこれ倒すまでは戻せそうにないな」

設定をいじれる状況にない。

「そんな！　これボスじゃないですか！　あ！　回復した！　ずるいですー」

いいようにゲームに翻弄される葵。

もう俺もゲームが始まってからは画面を見ているし、葵もそれをとがめる余裕はなくなって今はほとんど横並びで画面を覗き込んでいた。

「でもここで中断したら今までの苦労がなぁ？」

「ぐぬぬ……いいです！　やってやります！　先輩はそこでじっくり私の生き様を見ててください！」

「死に様になりそうだけど……」

「あぁあああ！　縁起でもないこと言うから強い攻撃来るじゃないですか！」

「いいから早くガードしろガード！」

「うぅ……この体勢もうきつい……はぁ……はぁ……」

「あ……」

「あああああああ」

叫び声とともに、葵が散った。

「はぁ……はぁ……」

「まぁ……どんまいどんまい。もう一回やればいいだろ？」

「鬼ですか!?　こんな状況でもう一回なんて無理です！」

息も絶え絶えになりながらもそう言って叫んでくる。

さっきまで余裕綽々な表情だっただけになんかこう、葵って芸人に向いてる気がしてきたな……。

少なくとも自分で言ってたミステリアスなイメージは守れないだろう。

「ああぁ……せっかくここまでやったのにぃ……」

「そんなに嘆かなくても」

「先輩も言ってたじゃないですか！　ここまでの苦労が無駄になるってー！」

目を見開いて葵がこちらにグイッと近づいてくる。

それはそうなんだけど。

「まぁほら、運動にはなっただろ」

「うぅ……というか先輩のための運動だったのに私のほうが疲れてるじゃないですか！」

「いやまぁ俺もいい運動になったから」

「はぁ……まぁいいですけど……にしてもあっつい……」

「やめろ、スカートをパタパタさせるな！」

「えー？　ああ、先輩にはちょっと刺激が強かったですかぁ？」

「こいつ……」

まだ息が上がっているのにこちらを煽ることには全力だ。

「というか汗もかいちゃいましたし、脱ぎたいんですけど」

「やめろ！　ボタンを外そうとするな！」

「あははっ。先輩必死でかわいー」

ケラケラ笑う葵だが実際体力も限界だろうし汗も相当だろう。

「お前なぁ……シャワー浴びてきていいから早く行ってくれ」

そう言ってとりあえず送り出そうとしたんだが……。

「えー、別にいいですよ。着替えもないですし」

葵はけろっとした様子で言う。

だがそういうわけにいかない事情があった。

「いや、どっちにしても着替えはしてほしい。貸すから」

「ははーん。私に彼シャツを着せたいんですね。わかりましたそこまで言うなら……あ……」

「気づいたか？」

葵が自分の姿を確認して身体を隠しながら頰を赤くする。

「透けてたなら言ってくださいよ！　恥ずかしいじゃないですか！」

「いやお前自分でスカートとかやってただろ」

「自分からはいいんです！　こんなの心の準備が……そりゃ先輩の家に来るときは毎回ちゃんとしたのつけてきてるはずだからいいけど……いやよくないです！」

「説明しなくていいから……」

勘弁してほしい。

「うぅ……というかキャミも透けるほどの汗って私……」

「頼むからもう着替えてきてください」

「なんでですかー！　見たくないんですか！　私の下着姿！」

「いやいやさっきまで恥ずかしがってただろ⁉」

情緒不安定か⁉

いや俺も巻き込まれそうなくらい余裕はないんだけど……。

「こうも露骨に目をそらされたら傷つくんです！」

グイッと距離を詰めてくる葵。

汗で透けたままの身体を隠すことも忘れて、だ。

「いやその状態で近づくな！」

「ひどい！」

セリフだけ抜き出すと確かにひどいかもしれないがもうこれくらいは許してほしい。

とにかくいっぱいいっぱいで、押し返すようにこう言う。

「わかったからさっさと行ってこい！」

「もー！　先輩のえっち！」

「理不尽すぎる……」

結局無事シャワーを浴びて、貸した着替えでしばらく過ごすことになった。

その後葵が着替えを置かせろと言ってきたが、断ることができなかったのだった。

クローゼットの中

「今日も来ましたよ！　先輩！」

「呼んでないのに……」

　そろそろ日常に溶け込んできているところがあって怖い。

　もう荷物を置く場所も自分が座る場所も手慣れた様子だ。

「毎日のように来てるけど飽きないか？」

「飽きませんよ！　というかもう何日かお邪魔してるのに未だに一緒にこたつに入ってくれないですね、先輩」

「追い返されないだけ感謝してほしい」

　本当に狭いんだ。

　一緒に入ろうものなら絶対中で足が当たる。

「もー……あ、そういえば！　こないだ一緒に動物カフェに行ったじゃないですか？　調べてたんですけど、先輩の飼ってるペット、温度が低いとダメなんですよね？」

「まぁ、爬虫類は自分で体温調整しないからな」

「ってことはですよ。あっちの部屋は暖かいんじゃないんですか？」

「葵、もしかして未だにこの奥が部屋だと思ってたのか？」

「え？」

きょとんとする葵。

向こうは部屋なんかじゃない。

「学生の一人暮らしの家がそんな広いわけないだろ。ほれ」

実際に見せて説明することにした。

「クローゼット……というか押入れみたいですね？」

「そういうこと」

中央で分かれた小さな収納スペース。押入れの幅を半分にしたようなものだ。

そこの上の段に、カーテンで目隠しをしている。

「で、このカーテンの中が……」

カーテンを手で押しやると……。

「わぁ……あのお店にもいた可愛い子だ！　なんていう名前なんですか？」

「フトアゴヒゲトカゲだな」

日本で見るトカゲのイメージは多分柔らかいカナヘビのようなものが一般的だが、こいつは比較的ごつごつしているし、身体の両サイドにはトゲトゲした突起がある。

触っても痛くない程度には柔らかいが、見た目でいうともしかしたらイグアナのほうが近いかもしれない。

と、俺も世話するときくらいしかカーテンを開けないので久々に見たそのトカゲをなんとなく眺めていたんだが、葵からツッコミが入った。

「先輩……普通さっきの質問には種類じゃなく名前が返ってくると思うんですが……？」

「あー……」

そういえば葵は「なんていう名前なんですか？」って言ってたな。

そうか……。

「で、名前は？」

「……ない」

事実だけ伝える。

「え？」

「ない。動物病院でもフトアゴヒゲトカゲちゃんって呼ばれてる」

「えええええ！　信じられない！」

「いやいやそんなもんなんだってトカゲとかは！　強いて言えば色みと柄でホワイトストライプとか呼ぶくらいだ」

本当に！

割とこれは普通の感覚だと思う。

思うんだが……。

「それ犬飼っててこの子の名前はトイプードルちゃんです、と同じじゃないですか！」

「いやいやちゃんと色で分けてるんだからアプリコットちゃんくらいだろ」

「それは確かに名前にありそうですけど、って、病院でもフトアゴヒゲトカゲちゃんって言ってたじゃないですか！」

「それは……まぁ……」

今回は分(ぶ)が悪い。

いやまぁ、呼んだからといって反応する生き物じゃないんだからいいだろうと思っていたわけだ。

爬虫類は基本的に慣れるけど懐(なつ)かない。

餌(えさ)のために寄ってくることはあっても触れ合いのためには寄ってこないし、むしろ触れ合いはストレスの原因になる。

だからカーテンまで用意したくらいなんだ。

「名前つけないんですか？」

「んー……一匹しかいないし、呼んで来るような生き物じゃないからなぁ」

考えていた通りのことを伝えるが、葵は食い下がる。

「私は呼びたいんですけど」

仕方ない。

俺には必要ないが葵に必要ということなら……。

「つけてもいいぞ」

「えっ！　いいんですか!?」

むしろつけてくれるなら都合がいいかもしれない。

「まぁ、俺も確かに動物病院で『生野フトアゴヒゲトカゲちゃん』はどうかと思ってた」

「ぷっ……名字まで……ふふ……」

「あーもう！　つけるならつけろ！」

笑いをこらえきれない葵が少し考える素振りを見せた後、こう言う。

「そうですねぇ……じゃあ葵で――」

「却下だ」

「えー、先輩が夜な夜な私の名前を優しく呼びかけてくれると思っただけで捗るのに！」

「何がだ――いや言わなくていい。とにかく葵はやめろ」

油断も隙もない。

葵もすぐに諦めて次の案を出してくる。

「むぅ……じゃぁ、フヨウで」

「あー、歌手の名前か」

「はい。葵つながりで」

芙蓉（ふよう）、だな。

「花言葉が繊細（せんさい）な美なんですよ」

「似合わないな」

「なんでですか！」

つい本音が漏（も）れてしまった。

いやでも葵が繊細……か？　あんまりイメージにないな。

気になって俺も携帯で花言葉を調べる。

繊細な美、しとやかな恋人……基本的にはしとやかで美しい女性の例（たと）えに使われていたから
シンプルに美人というのもあるのか。

こっちの方がイメージに近いというか……。

「美人って意味もあるんだな。こっちのほうがまだ当てはまるんじゃないか？」

「うぐ……先輩、私の容姿は褒（ほ）めてくれますよね」

「俺が容姿しか褒めてないみたいだな」

まるでそれ以外見てないかのような……。

「そう言ってるんですけど」

　おかしいな……。

「ちゃんと褒めただろ？　料理も美味しかったし、あとはほら、妹みたいって」

「先輩の中で妹って褒め言葉だったんですか!?」

「……改めて言われるとどうなんだろう」

「もー！」

　割と適当だったかもしれない。

　これ以上突っ込まれる前に話を戻そう。

「まぁ、でもフヨウか。メスだしいいんじゃないかな」

　そう言った途端、生野フトアゴヒゲトカゲちゃん改めフヨウが激しく動き始める。

「あっ！　ほらほら！　この子もうなずいてますよ！　すごい勢いで！」

「ボビングっていってこれ、オスの求愛行動だったと思うんだけど……」

「あれ？　女の子じゃないんですか？」

「まぁメスでもやるときはやるんだろ」

　多分……。

「あ、腕回してる、なんですかこれ可愛いー！」

「アームウェービングは敵意がないよってアピールだな」

「じゃあ私もやっといたほうがいいですか？　あれ？　なんでまた首振りはじめたんですかこの子！」

「なんか怒ってるんじゃないのか？」

「えー、全然わかんないー。でも可愛いー」

葵がケージに顔を近づけて見惚れている。

なんかこう、あんまり人に褒められた趣味ではないと思ってただけに意外な反応だ。

「お気に召してよかったよ。てことで今日からお前はフヨウらしい」

「生野フヨウちゃんですね」

「そうだな」

これで病院に連れて行っても恥ずかしくない……かもしれない。

「あれ、やっぱりこれ葵にしておいたら生野葵に……」

「馬鹿なこと言ってないで、温度下がるからもう閉めるぞ」

「あーちょっと待って下さいー！　写真だけ！　写真！」

「はいはい」

「ほんとに可愛い～」

カシャカシャと携帯を鳴らしながらいろんな角度でフヨウを撮影していく葵。

心なしかフヨウもカメラ目線で……これはあれか、動きに反応してるだけだな。

でもまあ、こうも可愛がってくれると悪い気はしない。

「次来たら餌やりくらいするか？」

「いいんですか!?　というより先輩」

「ん？」

「今私がまた家に来るの、すんなりオッケーしてくれましたね」

「あ……」

しまった。

「ふふん。恩返し、役に立ってるようで良かったです。やっぱり胃袋掴(つか)んだのが良かったんですかね？」

「うるさい」

「ふふ。先輩もかわいー」

逃げるようにフヨウのいるクローゼットを閉じてこたつの方に戻ったが、しばらく葵に良いようにいじられることになったのだった。

看病

「今日も来たのか……」

ほとんど毎日のように来るな。

いよいよもう日常に溶け込みつつあるのが怖い。

「ふふーん。私にこの何でも言うこと聞く券がある限り、もはや合鍵（あいかぎ）を持っているも同然ですからね。あ、むしろ作ります？　合鍵」

合鍵……。

いや、これ以上葵（あおい）に振り回されるのは危ない。何が危ないかはわからないけど、本能的に……。

「いつ来てもいいから勘弁（かんべん）してくれ……」

「あ、やったー。言質（げんち）を取りました。というかこの前も先輩、ずいぶんガード緩（ゆる）んでましたもんね」

「断っても来るんだからもう一緒だろ……」

「えへへ」

　それほどでも、みたいな顔してやがる。

　こいつ……。

「褒(ほ)めてないからな。まぁとりあえず中に入――」

　そこまで言ったところで、葵の様子がいつもと違うことに気づいた。

「なんか顔赤くないか？」

　寒いから、というのもあるかもしれないがそれでもちょっとおかしい。

「え？　そんなはずは――ひゃっ!?　ちょっと急におでこを触ってこないでください！　びっくりするじゃないですか！」

「ごめんごめん」

　ただやっぱりちょっと熱いな。

「外が寒いから冷たいけど、なんか熱っぽいぞ？　体温計貸すから測(はか)れ」

「えー、大丈夫ですよー」

「いいからほら。荷物持ってやるから中入れ」

「うー、なんか先輩が優しいとむずむずするー」

　ほんとにこいつは……。

「失礼なやつだな……まあいいからとりあえず座って測る」

「心配しなくてもいいのにー」

そう言いながらこたつの定位置に陣取った葵が熱を測り始める。

「別にこのくらいで目背けなくていいのに」

「いや……」

「ふふっ」

葵に余裕があったのはここまでだった。

「はい、測りましたよ。ほらー、全然だいじょー――ばない!? すぐ帰ります!」

「待て待て何度だ」

「だめです近づいちゃ！ うつっちゃいますから！」

「そのレベル……」

机に置かれた体温計を見ると……。

「三十八度……？」

「うぅ……」

思ったより重症じゃないか……。

「どこが心配しなくてもいい、だ？」

「すみません……ごめんなさい……」

「いや、別に責めるつもりはないんだけど……」

　というか……。

「熱があるってわかった途端(とたん)、顔色も悪くなったな」

　これはちょっと駄目そうなレベルだ。

「うつさないようにすぐ帰るので……ああでも、料理しないと先輩死んじゃう……」

「俺を何だと思ってるんだほんとに……いいから寝てろ」

　多分頭が働いてないのもあるんだろうが色々めちゃくちゃなことを言い出す。

「寝る……？」

「あー、こたつじゃ悪化するからベッドで」

「先輩のベッド……ふへへ」

「やっぱり帰らせるか……」

「ああごめんなさいいいやでも帰ったほうが――」

「いやいやもう寝ててくれ！」

　いつもより頭のねじが緩んでいるな……。

　着替えも用意しようと思ったがその余裕もなかったようで、ベッドに入るなり葵はすぐ眠りについた。

◇

「あれ？　なんかいい匂（にお）いが」

「起きたか」

しばらくして葵が目覚めた。

すぐベッドから出てこないあたり調子は戻ってないんだろう。

「先輩……？　えっ!?　私寝ちゃってたんですか!?」

「結構ぐっすり寝てたな。買い物に行ったのも気づかなかったくらいだし」

置いて行くのは心配だったが家に食べ物が何もなかった。

まあ結局起きなかったし良かっただろう。

「ええ！　わざわざすみません！　というか恥（は）ずかしい、寝顔見られたってことですか!?」

「まぁ……ちょこちょこ様子は見てたからな」

「うぅ……変な顔してませんでした？　変なこと言ってませんでした？」

「そんなこと心配するのか……。大丈夫だから。それよりもう一回熱測れ」

そう言って体温計を渡す。

受け取ってごそごそし始めた葵の動きが突然止まった。

「はいー……あ」

「ん？」

「先輩……私が寝てる間に脱がしました？」

「は？　いやいや何もしてないぞ!?」

どういうことだ!?

全然覚えがないし脱がされたにしては葵の反応が薄すぎるだろ。結構大問題じゃないかそれ
……？

俺の心配をよそにけろっとした表情で葵はこう言った。

「まぁいいや。ちょうど上、脱いじゃってたみたいで……背中拭いたりしてくれます？」

ニヤニヤしている。

こいつ……なんか色々わかっててやってるな……。

「もう元気そうだしこの雑炊はいらないか」

「えー！　待ってくださいいりますいります！」

「わかったからその格好で布団から出ようとするな!?」

ガバッと布団から身体を起こして手を伸ばそうとする葵。

当然そんなことをすれば結構大変なことになるんだが……。

「あはは。見えちゃいました？」

「いや、見てない……というかちゃんと布団に隠れてたけど」

「あら、すぐ目をそらしてくれたかと思ったら結構ちゃんと見てましたね？　先輩」

「……」

　ほんとにこいつは……。

「もう元気そうだな」

「えー、そんなことないですから！　ほんとに！」

　今日一元気な声で叫ぶ葵。

「まあいいけど……じゃあ服着たらこれ食って休んどけ」

　作った雑炊をベッド脇に置く。

　着替えもあるし離れようと思ったんだが……。

「えー！　ふーふーしてあーんしてくれる流れじゃないんですか！」

　無視しよう。

「熱測って着替えたら呼んでくれ。それまで向こういるから」

「なんか先輩がまた冷たくなってるー」

　完全に自業自得だった。

◇【葵視点】

「不覚……まさか熱のある状態で先輩の家に来ちゃうなんて……そしてそのまま寝ちゃうなん

て……」

乱れた服を直しながら自己嫌悪に陥る。

これで先輩にうつしてたらと思うと……。

「先輩が受験終わってたのがせめてもの救いだけど……」

不安で仕方ない。

ただ……。

「看病されちゃった」

ふへへ、と変な笑いが出てしまう。

これはちょっと、いやだいぶ役得だった気がする。

しかも先輩のベッドで……。って！　汗とか大丈夫かな!?　あーまた不安に……嫌でも……。

「うぅ……」

頭がぼーっとして考えがまとまらない。

「夢見も良かったのか悪かったのか……」

先輩との出会い。

もう何年も前なのに、あの公園での出来事は昨日のことのように思い出せる。

私は昔から歌うのが好きで、どこにいても何をしててもよく歌う子だった……らしい。

さすがに自分じゃ覚えてないというか聞いただけでも悶えそうなくらいだけど……。

とにかくどこでも歌う子だったという話だ。

それがあの日、初めてその歌を否定された。

多分同級生の男の子だったと思うし、今思えば本当に些細なことだったけど、それでもあの日の私は大きなショックを受けた。

両親は基本的に何に対しても肯定してくれるタイプだったから、余計にダメージが大きかったんだと思う。

思えばそれまで両親以外に歌を褒められることもけなされることもなかった私にとって、初めての評価がそれだったというのも大きい。

でも……。

「先輩が、褒めてくれたから」

今の私があるのは先輩のおかげ。

あの日、あの公園で、先輩と出会ってなかったら、私は今も歌ってたかわからない。

だから、何が何でも恩返しがしたい。

そのためには、もう一つ見た夢を無視できなかった。

「月宮先輩……」

この券を、私にきっかけをくれた発端。

私は券のおかげで救われたけど、先輩たちは券のせいで多分、引き離されてるから……。

幼馴染彼女のモラハラがひどいんで絶縁宣言してやった

～自分らしく生きることにしたら、なぜか隣の席の隠れ美少女から告白された～

斧名田マニマニ　イラスト／Ｕ３５

集英社

「このままじゃだめだ」

◇

「着替えましたー」

葵がベッドから呼んでくる。

「熱は？」

「まだちょっとだけ……」

体温計を見せてくる。

さっきよりは下がってるけど……。

「七度超えてるな……じゃあもう少し寝といたほうがいいか」

「うぅ……すみません……」

「気にしないでいいから」

妙にしおらしいと調子が狂う。

「でも、先輩にご迷惑を……料理までさせてしまって……って料理!?　先輩料理できたんですか!?」

「まだ食べてなかったのか」

「着替えが最優先だったので！」

「まぁ、熱かっただろうしちょうどいいかもな。食えるか？」

改めて作った雑炊を差し出すと……。

「えー、あーんしてください、ね？」

ね？　と言いながら券を取り出す葵。

「券をちらつかせるな……いやでも券使わせてもいいのか？　この場合」

券は使えば所有権が移るんだから……と思ったが、葵の場合使い方を把握しすぎてるからな。

「先輩、忘れてないですよね？　券使うとしても単純なお願いはしませんよ？」

「わかってる。変な質問に強制的に答えるくらいならやるけど……」

「えへへ。そうですね。あーんを拒否れば婚姻届に印をもらうことだってできますからね」

「こわ……」

割と本気でやりかねないのが怖い。

「わー引かないでくださいよ。半分冗談です！」

「半分でも怖いからな？」

警戒する俺にけろっとした表情で葵が話を変えてくる。

「まぁまぁ、で、あーんはまだですか？」

「はいはい。ほら食べろ」

スプーンに雑炊をすくって、葵の顔の前に持っていく。

目を合わせる余裕はない。

が……。

「……」

「……」

しばらくの沈黙。

「先輩、わかってますよね？　言わないと口開けません」

「こいつ……」

なんでこれだけの動作がこんなに気恥ずかしいのかと思うんだが……。

「ほらほらー」

ニヤニヤした葵が挑発的な目でこちらを見てくる。

「わかったよ……その……あーん……」

「はいっ！」

パクっと葵がスプーンに食いつく。

口に入れた途端、驚いた様子で目を丸くする。

「あっ……美味しい」

「それはよかった」

よかったと思ったが……。

「って、美味しい!?　あれ？　先輩本当に料理できたんですか!?　じゃあ私の存在価値って……」

「いやなんで急にそんな話に」

本気で慌て始める葵に逆に慌てる。

もう目の焦点が合ってないレベルでまくし立ててくる。

「だって！　私、先輩の家事する名目で家に来させてもらってるのに……これじゃ券がなくなった瞬間見放されるじゃないですか！」

「どれだけ薄情だと思われてたんだ、俺」

というか家事をする名目だったのか……。いやまあ確かに結構料理はしてもらってて美味しいんだけど。

「今はともかく、私が元気ならすぐ追い出そうとしたじゃないですか」

「それは……まあそうか」

けどまぁ最近は……と思っていたら葵が顔を覗きこんできてこんなことを言い出した。

「あれ……？　私が思ってるより、もしかしていける感じですか？　これ」

「やっぱり帰ってもらうか」

「あーごめんなさい！　でもでも、随分心を許してくれたんですねー」

「……」

わかりやすく調子に乗られてしまった。

ほんとに油断できないな……。

「あ、照れてる可愛いー」

ニヤニヤしてこちらを見る葵を見て俺はとりあえずその場を逃れることにする。

「もう俺が食わせる必要はなさそうだな」

「わーごめんなさいってー！　結構心細いんです、残りも食べさせてくださいー！」

ベッドから必死に身体を伸ばして抱きついてくる葵。

「わかったから離れろ！」

「うぅ……お願いします」

調子に乗る場面があってもまぁ、本当に体調も悪いんだろうな。

服のすそをつまんだまま放さなくなった葵に仕方なく雑炊を食べさせることになる。

結局全部食べさせたあと、寝るまで近くにいろとせがんできた葵を拒むことができなかった。

まぁ、体調が悪いときくらいはいいと思おう……。

◇

「先輩！　来ましたよ！」

「おお、元気になったのか」

「はい。おかげさまで！　ご迷惑おかけしちゃった分、たくさんお世話しますからね！」

制服姿で胸を張る葵。

放課後になってすぐ来たんだろう。

前回、うちから帰れる程度に回復した葵をタクシーに乗せたんだが、こちらが申し訳なくなるくらい葵から謝罪のメッセージが飛んで来続けていた。

気にするなと十回は言った気がするが、会うときまで引きずってなかったのは良かったと思おう。

「お世話は別にいいんだけどな」

「ダメです！　先輩は私にお世話される義務がありますからね！」

なんか無茶苦茶な言い分が増えていた。

「で、何見てるんですかー？　先輩」

「あ……」

油断した瞬間、葵がスッと俺の方に寄って来て携帯を覗き込んでくる。

「あー！　私のライブの動画！　先輩も私に興味が出たんですねぇ」

「いや……あー……」

しまったな……。

「なんですかその煮え切らない態度は」

「学園で思ったんだよ。意外とフヨウって名前知られてるんだなーと思って」

「へえ？　まあそれはもう、そういうのに全く興味なさげだった先輩にも知ってもらえるように頑張ってましたからね！」

「あー……」

「ふふん。それで私の可愛さを再認識したんですね！　大丈夫ですよ！　私は先輩のところから離れませんから！」

「やめろ、くっつこうとするな」

「むー……やっぱり物理的には距離を取りますね」

「当たり前だろ」

油断も隙もない。

「えー……自分で言うのもなんですが、私が抱きつくって言ったら喜ぶ人のほうが多いと思うんですけど？」

ふと、葵が立ち上がって一回転しながらそんなことを言い出す。

髪とスカートがふわりと揺れた。

「それは……まあそうなのかもなぁ」

顔立ちは整っているし愛嬌もある。

ミスコンに出るくらいだし誰が見てもそうだろう。

「なので先輩が少数派です。まぁ先輩以外にこんなことしませんが」

またもや寄ってこようとした葵を躱しながら答える。

「断られるのがわかってるからやってるだろ」

「そんなことないですよ！　先輩が望むならためらいはないです！　いきますかっ!?」

「やめてくれ。というより葵も、顔赤くなるならやめとけ」

「うっ……これは……その……心の準備が……」

「はいはい」

もじもじしながら葵が座り直す。

勢いはあるんだけど冷静になるとだめなんだろうな。

「むぅ……で、私の可愛さを再認識して、どうしたんですか？」

「いや、特になにもないけど、一応葵ってすごかったんだなぁ、と」

「ふふん……ふふ……ふ……だめです！　なんか恥ずかしい！」

「ええ……」

勢いがなくなったらこれか……。

いやもう、これが葵の素みたいなものか。

「だって先輩私のこと褒めてくれることなんてなかなかないじゃないですかー！　だめだー、顔熱いです……見ないでくださいー！」

真っ赤になった顔を手で隠しながら俺から離れようとする。

が、座ったままなので当然ながら距離はそんなに取れないんだけど。

「もー！　ダメです！　あーもう動画も止めてください！　ダメです！」

「いいだろ別に……」

逆に面白くなってきた。

「だめですだめ！　うぅ……でもまぁ、先輩のために歌手になったのに聴かせないのも……ぐぬぬ……」

「大変そうだな」

「他人事みたいに！　もう！　わかりました先輩、こうなったら先輩にフヨウの魅力を朝まで伝えます」

「いやいや!?」

開き直った瞬間、俺の方にガバッとやってきて携帯を奪い取る葵。

「ほら！　この動画からです！　収録の苦労話から曲作りの段階の裏話までじっくり聞かせますからね！」

「勘弁してくれ！」

ファンからしたら喜ぶイベントなんだろうけど今の葵との距離感でやられるとこう……色々厳しい！

そもそも物理的な距離で耐えられる自信がない。

「私を辱めた罰ですー！」

「悪かったって！」

思わぬ反撃のせいでいつもより疲れる一日になったのだった。

一歩踏み出すために

「ほんとに毎日のようによく来るな、一カ月も」

今日もまた葵が家にやって来ている。

仕事の関係だったりで何日か空けることはあったが、逆にいうと数えるほどしか空けずにほとんど毎日うちに来ているわけだ。

「お世話するって約束ですからね！」

「別に世話はいいのに……」

「またまたー。もう私の料理なしでは物足りなくなってきたんじゃないですか？」

「こいつ……」

調子に乗るだろうから言わないが実際ちょっとそうなってきつつあるのが悔しい。

悔しいのでこの話題は流そう。

「そもそも料理以外で結構来てるよな……」

お世話、と言いつつ結構な割合で遊びに来ている部分もある。

まあ、来て料理だけしてというのも色々持てあますだろうし申し訳ないからいいんだけど……。

「なんだかんだ付き合ってくれますよね、先輩。ゲームとか、ペットも見せてくれましたし」

「断るほどの要求じゃなかったというか、券を握られてたら断れないだろ」

実際のところ葵ならもう、券なんて関係なしにという話はあるんだが、それは言わない。

「ま、そういうことにしときましょう」

葵もニヤニヤするだけで流して話題を切り替えた。

「というか、先輩ももういい加減慣れてきてもいい頃だと思うんですけど」

「一応慣れたとは思うぞ」

本当に自分でも驚くほどに。

幼馴染み（おさななじみ）だった奈津菜（なつな）とのトラウマのようなものを引きずっていたせいで、我ながら女子全般を遠ざけていたなと思う。

もちろん学園で過ごすにあたって必要なやり取りはするし、実家にいた時は妹の咲乃（さくの）もいた。

いや妹はまあちょっと違うか……。

それはそうと、葵は本当に、ここまで踏み込んできて抵抗がない自分に驚くほど、深く踏み込んできてくれたと思う。

「精神的にはそうかもしれませんが、物理的距離が一切縮（ちぢ）まってないじゃないですか！」

「そんなことないぞ、ほら。一緒にこたつも入るようになったし」

「正面だけですし、私が足を伸ばしたら出ていきますけどね……」

「隣同士で座るような場所じゃないからな」

これでも十分進歩したと思うんだけどな……。

「ぐぬぬ……ほんとに妹くらいにしか思ってないですよね、先輩」

「逆にそうとでも思わなかったらもう追い出してるぞ、前も言ったけど」

「私が同い年だったら……」

考えてみる。

葵が同い年……同じ教室にいたら……。

「葵は同い年でも変わらない気もするな……」

良くも悪くもこちらのことなどお構いなしにグイグイ来るスタイルだし、一年くらいで見た目に大きな変化はないだろうし……。

「うー……！　やっぱりこれはもう、あの手を使うしか……」

「あの手……？」

巻を警戒したが、葵の表情が真剣なものに変わったのを見て俺もちょっと切り替えた。

「先輩、私との距離、というか異性との距離があるのって、やっぱり月宮先輩のことがあるからですよね？」

「それは……」

そういえば葵は全部把握(はあく)したうえで来てるんだったな。

「ちょっと考えたんですが、ちゃんと話してきたらどうですか？」

「話す？」

「券が本物だってこと、月宮先輩は知らないですよね？　先輩も知らなかったんですから」

「それはそうだろうな」

知らなかった、以前に考えもしなかった。

券が、本当に何でも言うことを聞かせる効力を持つなんて。

「二人の距離ができた理由はそこにあるでしょうし……」

葵の言う通りなんだろう。

奈津菜とこうなった原因はなんとなく、年齢的に、男女の仲の限界が来たんだと思っていた。

でも……。おそらくあの日、奈津菜の言葉に効力が発生した。

だから俺に券の所有権が移動したんだろうし、たまたまその日に葵と出会って、葵に券が移ったはずだ。

「私としては先輩と出会うきっかけになったこの券を作ってくれたことに感謝してるので……その……」

「このままでいてほしくはない、か」

「はい」

葵が目を伏せながら言う。

本当になんというか……こういう律儀さが憎めないところだった。

「まぁでも、男女の幼馴染みなんて、どこかで疎遠になればそれっきりじゃないかと思ってたけど」

「二人は違うじゃないですか！　券さえなければまだ仲良くいられたかもしれないのに、その券のおかげで私だけ先輩を独り占めしてるのは、フェアじゃないと思うんです」

「なんだそれ」

フェアじゃないと来たか。

妙に責任を感じている部分もあるだろう。

「とにかく！　話してきてください！　月宮先輩ももう受験、落ち着いてますよね!?」

「何で知ってるんだよ……」

「それはどうでもいいんです！　とにかく、話してきてくれますか!?」

グイッと、葵が俺に迫ってくる。

近い。顔が近い。

でもいつになく真剣な表情の葵からは、なぜか逃げられなかった。

「まぁ、考えておくけど」

何とか答えたがそれでも逃がすつもりはないらしい。

「適当に流そうとしてません？」

「うっ……」

見透かしたような目で葵が言う。

「そりゃ確かにもう随分疎遠だったようですし、ためらう気持ちもわからないでもないですけど！　私も結構勇気を出してこの話したんですからね！」

「勇気か」

そこで葵がようやく身体を引っ込めてくれる。

「そうですよ！　だって……」

「ん？」

葵が視線を外したせいもあって最後の方がよく聞き取れなかった。

だからそっちに意識が向いていて……。

「とにかく！　ちゃんと話してくださいね！　いいですか？」

「わかったわかっ――え……」

葵がいつの間にか券を取り出していたことも、その券に願いを込めたことにも気がつかなかった。

「ふふ。お願いしちゃいました。聞いてくれますよね？」

初めて見せられた時のように、葵の手元からスッと券が消える。

「いいのか……？　券がこっちに来たけど……」

「考えてみたんです。券がきっかけで疎遠になった二人なら、券で対抗しないと動かないんじゃないかって」

「あー……」

葵が真剣な口調で、でも明るい表情でそう言う。

多分こちらに気を遣わせないようにしているんだろう。

だからいつものように笑いながらこんなことも言ってくる。

「まあ、先輩が全然煮え切らないからこのくらいしないと動かなそうだなぁ、とも」

ニヤッといたずらっぽく笑ってくる。

「こいつ……」

「とにかく！　私がここまでしたんです！　しっかり話してきてください！」

バンッと机を叩いて葵が立ち上がる。

まあ、その思いには応えないといけないだろう。

券を使われた以上俺はそう動くことが決まっているんだが、これは券のせいにしたくない。

俺の気持ちの問題として、葵に応えないといけない。

「わかったよ。ありがと」

「うぅ……そこで素直に感謝するのはずるいです」

さっきまで調子に乗ってたのにすぐ顔を赤くしてそっぽを向く。

「どうすりゃいいんだよ……」

呆れながらしばらく待っていると調子を取り戻してこう言う。

「まあいいです。ほら先輩、やるって言ったんですからすぐ連絡して会わないとですよ」

「え、もうなのか⁉」

逃がすまい、と、再び身体を近づけてくる葵。

「ほらほら、連絡先はありますよね？」

「それはまぁ……親が勝手に送ってくるからあるけど……」

葵の距離感と、今からやることのプレッシャーでわけがわからなくなってくる。

「ほら、すぐやって」

「今か⁉」

「今です！」

応えると決めた。とはいえ……、もう少し心の準備がしたかったんだけど……。

「うわ……ほんとに券でのお願いって断れないんだな……」

「ふふふ。そうですよー？」

意志に関係なく、身体がもう連絡を取る準備を進めていた。

改めて券の力を思い知ったな……。

もうすでに、十年ぶりに開いた連絡先へ送る文面を整え始めている。

ここまできてしまったし、これ以上は自分の意志で文面くらい考えよう。

それはそうと……。

「よかったのか？　券を俺に渡して」

「まあ一つの武器は失いましたが、私はずっとその券を人知れず使ってきたんですよ？」

「ん？　どういうことだ？」

券の所有権は結構大きな問題になると思っていたが、葵はあっけらかんとしていた。

「ほとんどお母さんにお願いして実験してたんですが、お母さんに気づかれないように回収し続けてたんです」

「え、そんなことできるのか」

一体どうやって……。

というより、その話を信じるならこの券もいつ葵に戻ってもおかしくないのか!?

「券を握りしめても意味ないですからね？」

「怖いな……」

「まぁまぁ、むしろ先輩、月宮先輩と話をするときは気をつけないと……」

「わかってるよ」

そう。

葵がどうやって回収していたかはともかくとして、券の所有権は俺にある。

迂闊なことはできない。俺には今、人に願いを聞かせる力があるということになるのだ。

そう考えると葵はすごいな……。少なくとも俺が見る限り悪用もしていないし、そもそも自分の感情というか、券を完全にコントロールしていたんだろう。

一方俺は自分で持っていることに気づかずに使った過去があるんだ。

気をつけておかないと大変なことになるのは火を見るより明らかだった。

「先輩の考えがなんとなくわかりますが……。そんなに簡単には発動しないので大丈夫ですよ？」

「そうなのか」

「はい。というより、心配しないといけないのはそっちじゃないです」

「そっち……？」

もう券に関しては一日どころじゃない長がある葵に頼り切らせてもらおう。

「券のこと、月宮先輩に信じさせないとでしょう？」

「そういえば……」

券が本物、なんて言われても信じられないだろう。

俺だって最初は手品か何かだと思ったくらいだ。

奈津菜の性格を考えるなら、頑なに手品と疑ってきても不思議ではない。

「実演しないと信じてもらえないかもですし、一旦は先輩に預ける必要はあるんです」

「なるほど」

どう実演するかも、考えておかないとか。

そう考えると葵は割と手際も良かったのかもしれない。

というか俺が覚えていなかったせいとはいえ、初対面と思っている相手にあそこまでスムーズに券を説明できたのすごいな。

「葵って実はすごかったんだな」

「何言ってるんですか……」

変な目で見られてしまった。

気を取り直すように、話しながらも考えていた奈津菜へのメッセージを完成させた。

「お、言ってる間にちゃんと連絡してる！」

「身体が勝手に動くからな……」

止めようがないのだ。

頭で考えたし、自分の意志で応えたと思いたいところだが、少し自信が持てなくなるくらいだった。

だが葵はそんな俺を見てこう言う。

「いい傾向です。とにかく誤解を解いて、先輩の女子に対する苦手意識を払拭してきてください！　いいですね！」

「はいはい」

その後も葵に迫られながら、なんとか約束を取り付けることに成功した。

幼馴染み、月宮奈津菜との、十年ぶりのやり取りだった。

◇

「えっ、どういうこと……どうすればいいの!?」

突然の見知らぬ相手からのメッセージ。

いや、知ってはいた。よく知っている名前だった。

「とにかく……返事をしなきゃ……」

頭がグルグルしてまとまらないまま、なんとかやり取りを済ませたのだった。

再会

「緊張する……」

「何で先輩が緊張してるんですか。どう考えても私の方が場違いじゃないですか！」

奈津菜へメッセージを送ってから程なくして、直接会って話す日がやってきてしまっていた。

「それは悪いと思うんだけど……」

結局、奈津菜に券のことを説明するにあたって、俺一人でうまくやり切る自信が持てなかったのだ。

というより、葵が説明したほうが絶対信憑性がある。

奈津菜がそう何回も付き合ってくれるとは思えない以上、一発で信じさせるには最善をぶつけるしかないという判断のもと、葵に来てもらっていた。

「私はいいんですけど……一人で行った方がいいと思うんだけどなぁ……」

葵はそう言うがまあ、もうこうなってしまった以上信じるしかない。

二人で奈津菜の待つ月宮神社に向けて歩き出したのだった。

◇

「何で突然連絡してきたのよ」

待ち構えていた奈津菜の第一声がこれだった。

腕を組んで顔は合わせようとしないあたり機嫌がよくないことは確かだろう。

「えっと……ごめん」

「ごめんじゃないでしょ！　なんでこんな急に……」

「えーっと……」

思ったより機嫌が悪い、というより、これは多分、これまで話せなかった鬱憤の全部がここであふれてるんだろう。

よく目を見れば、今怒ってるわけじゃないんだと思う。

奈津菜が小声で続けて言った言葉がまさに、その複雑な心境を表していた。

「……ずっと避けてたくせに」

「その辺を説明するために呼んだんだ」

ちゃんと話そう。

「説明……？」

「ああ」

少しは落ち着いたんだろう。

奈津菜とようやく話ができる、と思ったところで、冷静になった奈津菜がようやく葵の存在に気づいたように目を動かした。

「そう……で、そっちの子がそれに必要ってわけ？」

「あれ……？」

なぜか葵と目を合わせた途端、急激に目が冷たくなった気がする。

「はぁ……だから言ったじゃないですか。説明は自分でしたほうがいいって」

「いや……俺だけで信じさせるのは無理だっただろ」

「はあぁぁ……」

小声で葵とぼやき合う。

より一層目を細めて、奈津菜がこう言った。

「人を呼び出して目の前でいちゃいちゃしないでくれるかしら？」

「いちゃいちゃはしてない」

即答すると葵がショックを受けた間抜けな顔をするが無視だ。

「はあ……まあいいわ。で？」

葵の間抜けさに毒気を抜かれた奈津菜がようやく話を聞いてくれる態勢になったな……。

「ああ……これ、覚えてるか？」

葵が持ってきた何でも言うこと聞く券を取り出し、奈津菜に問いかける。

「それ……何でも言うこと聞く券……え？　どこで？」

「多分最初に渡したやつだよな？」

「そうよ。飾ってたのに……ずっと失くしたと思ってたのに……」

「飾ってたのか……？」

ええ……。

「い、いいでしょ！　別に……というより！　いつの間に持って行ったのよ！」

慌てた様子で奈津菜が言う。

まあいいか。話を進めよう。

「持って行ったんじゃない。勝手に消えるんだよ」

「はぁ？」

当然ながら信じてもらえず睨みつけられる。

どうしたものかと思っていると……。

「そこからはもう私が説明しちゃいますね……月宮先輩、すみません突然」

「えっと……」

「天原葵です。葵って呼んでください」

「えっと……葵ちゃん……？」

奈津菜が困惑するが葵はグイグイ続ける。

「はい！　それでですね、その券、本物なんです。月宮先輩」

「本物……？　よくわからないけど……あと、私は奈津菜でいいわよ」

「わーい！　えっとですね、まあ実演したほうがいいでしょう」

踏み込むのが早いというかうまいというか……。

もうすでに会話の主導権は葵が握ったな。これを考えるとまあ、連れてきたのは正解だったと思えるんだけど。

「先輩」

「ん？」

葵が俺に言う。

「その券で奈津菜先輩に何かお願い……って言っても決められなそうですね。抱きつけって言ってみてください」

「言えるか！」

券の強制力を考えれば実行されるだろうがあとが怖すぎる！

「えー……じゃあ……んー……先輩の好きなところを言ってもらいましょう」

妥協案を提供する葵。

「ないわよ」

奈津菜の即答。

「ほら、使いどころですよ」

まあ確かに、この上ない使いどころだな……。

これくらいならまあ、許されると思う。

「奈津菜、俺の好きなところを言ってくれ」

「だからそんなものな――え？　えっと……それは……優しくて……なんで？　なんで勝手に……」

「一個でいいから。いやごめん睨むなよ……」

しかも泣きそうになりながらだと罪悪感が……。

「奈津菜先輩……涙目で可愛い……」

「もうっ！　なんなの!?」

奈津菜が混乱と怒りと恥ずかしさでよくわからなくなっているが、その隙をつくように葵が説明を畳みかけた。

「奈津菜先輩、さっきまで先輩が持ってた券が消えたの、気づきました？」

「え？」

「多分カバンの中とかにあると思うんですけど……」

「ほんとに……まさか……」

信じられないものを見る目で奈津菜が券を見つめる。

「逆に私に使ってみてください。そうですね……何か聞きたいことでもいいですし、してほしいことでも」

人懐っこい笑みを浮かべながら葵が言う。

それに対して奈津菜は少し考え込んだ後……。

「えっと……じゃあ、なんで健斗と一緒にいるか説明してもらえる？」

なんか怖いな……。

「あー……私が押しかけたんです。この券はずっと私が持っていたので、先輩にそれを説明しに」

「なるほど……」

一応は納得した素振りを見せながらも俺を睨む奈津菜。

「何で俺を睨むんだ……というより葵、しれっと券を回収したな」

「えへへ」

そこでようやく、奈津菜も気づいたらしい。

「あれ？　ない！」

「この券は使うと所有権が移るんです。だから、先輩が持ってたし、知らない間に私のところに来てました。本物って意味、伝わりました？」

「……ええ。信じられないことだけど、そうみたいね……」

ようやく、奈津菜が納得してくれたらしい。

ここからは俺の番だな。

「この券のせいで色々こじれてたらしい。だからそれを説明しに来たんだ」

「なるほど……あれ？　じゃあ……私が健斗に、何かお願いをしたからってこと？」

「あー……まあ、小さいころに意識せず言ったことなんか気にする必要ないだろ」

奈津菜を責めに来たわけじゃないんだ。

ただまぁ、この説明をすれば当然そこに行き着くか……。

「気にするわよ！　ずっと健斗が私を遠ざけてたのも私のせいってことじゃない」

喋りながら、奈津菜の頬に涙が流れていく。

「そんなの……私のせいなのに……ずっと私……」

「えっと……」

まさか泣き出されると思ってなかった。

ただまぁ……十年だ。

人生の半分以上の年月があったのに、まだこうして繋がりを持とうと思えるほど、奈津菜の存在は俺にとって大きい。

幼馴染(おさななじ)みって多分、そういうものなんだと思う。

「先輩。私はしばらく外します」

「ああ……」

泣いてる幼馴染みの奈津菜の傍(そば)にいるのは俺の仕事だろう。

「健斗は、ずっとわかってたわけ？」

涙をぬぐいながら奈津菜が聞いてくる。

「いや、葵が来るまで知らなかった」

俺が奈津菜をなんとなく避けていたのはもちろん、きっかけとして奈津菜の言葉があった。

だけど多分、それがただの言葉だったら、あの頃の俺たちならすぐに仲直りをしていたはずだ。

俺たちが避け合っていたって親同士が繋がっている以上、その機会はいくらでもあった。

「健斗は、私のせいで……」

「奈津菜が悪いわけじゃない」

「でも！」

「券の力に俺が勝てなかったってだけだろ。奈津菜からしたらもう、どうしようもなかったんだし」

奈津菜は俺に何か言い返そうと口を開けてこちらを見たが、何も言葉が出てこなかったようでまたうつむいた。

「……」

そして、何かに気づいたようにバッと顔を上げる。

「で、じゃあなんで急に話せるようになったわけ？」

「ああ……葵が券を使ってくれた」

「なるほど。それで連れてきたわけね」

「そういうことだ。あ……」

一つだけ、伝えとかないといけない。

「奈津菜とまた話したいと思ったのは、券の力じゃないから」

「——っ!?」

顔を赤くされて微妙な雰囲気になる。

それを払拭するためか、奈津菜が立ち上がってこう言った。

「ほら！　葵ちゃん待たせてるんでしょ！」

何かを誤魔化すように歩き出した奈津菜のあとを追って、葵と合流したのだった。

◇

「無事一件落着ですね！　先輩！」

「それは……健斗……その……」

「まあこれからよろしくということで……」

「うん……」

　葵と合流して、結局また微妙な距離感……というより、話してない期間が長すぎて距離感を摑めないまま三人での話が進む。

「よしっ！　じゃあそういうことで！　これで何も気兼ねなく先輩は私を甘やかせますね！」

「え？」

　奈津菜が俺を睨む。

「いや、俺もよくわからないから睨まないでくれ……」

「えー！　奈津菜先輩との関係が改善したんですよ!?　もう何も心配ないじゃないですか！　私が先輩をお世話して、先輩が私を甘やかす。ほら、ウィンウィンです！」

「ちょっと待って。あんた後輩に何させてるの!?」

　葵を睨むがどこ吹く風だった。

　こいつ……。

「いや、何もさせて……ないとは言えないけど……待て待て！　そんな睨むな！　ご飯作ってもらったくらいだ！」

「ご飯……ふーん」

何やら考え込む奈津菜に、葵がまた余計なことを言い出す。

「私はどんなお世話でもするんですけどね？」

「頼むから今は黙っててくれ葵」

もうこれ以上はどうなるかわからない……と思っていたら……。

「……行くわ」

奈津菜が突然こう言った。

「ん？」

「葵ちゃんが一人じゃ危ないでしょ。私もあんたの家、行くから」

「いや……」

「なに？　人が来て困ることとするつもりなの？」

「そんなことはないけど……」

えらいグイグイ来るな。

「じゃあ決まり。いいわよね？　葵ちゃん？」

「えっ……えーっと……」

葵がちょっとたじたじになるくらいの勢いだ。

これはこれで貴重だな……。

「どうせ一人暮らし始めたってろくに料理なんてしてないんでしょ。解放された勢いで変なペットでも飼ってるんじゃないの？」

「なんでそこまでわかるんだよ……」

「恐るべしですね……幼馴染み……」

　本当に怖い。

　葵も葵だったが……もしかしてこの二人、似てるとこがあるかもしれないな……。

「とにかく、私も行くから。文句ないわね？　葵ちゃんがよくて私がだめってことはないわよね？」

「いや、別に俺は葵も頼んでるわけじゃ……」

「えー！　ひどいです！　あんなに尽くしてるのに！」

「もう葵は何もしゃべるな……」

　長年の問題が解決したと思ったら新たな問題が発生したようで頭を抱えることになったのだった。

人生ゲーム

「来たわよ」

奈津菜（なつな）がうちにやってきた。

「ほんとに来たのか……」

「なによ……嫌、なの？」

「そうじゃないけど……」

なんでこんなことに、という思いはある。

一応一人暮らしに向けた準備期間だったはずなのに、ほとんど毎日のように葵（あおい）がやってきて、今度は奈津菜……。

下手したら実家にいた時よりにぎやかかもしれない。

「あ、いらっしゃい奈津菜先輩！　今お茶出すので座っててくださいー」

「え？　えっと、ありがと──じゃないわよ。健斗（けんと）！　色々おかしいでしょ!?」

「俺もそう思うんだけどな……」

もう俺にはどうしようもないので半ば諦めてなし崩し的にこの状況が生まれていた。

「はぁ……。まずどうして先にいるのよ。というかあれもう完全に家族じゃない！」

「何回言っても勝手に来るんだよ」

「先輩……そんな私のことを湧いてくる虫みたいに扱わなくても……」

「そうね。健斗が悪いわ」

「ええ⁉」

おかしい……。

実はあれから俺の知らないところでも連絡を取り合っているらしいことは聞いていて、奈津菜は随分葵に甘くなっている。

にしても今のは理不尽だと思うんだけど……。

「……で、来たはいいけどいつも何してるのよ。こんな何もない部屋で」

奈津菜が話を変えた。

まあいい、乗るか。

「最低限のものはあるだろ？」

「ほんとに最低限じゃない。あのテレビ、テレビ線すら繋いでないでしょ」

「よく見てるな……」

その通りだった。

「実家の部屋でもそうだったでしょ。健斗は」

「そうなんですか⁉　というかそろそろ買いましょうよ。何のために置いてるんですか」

「いや、ゲームはできるだろ？」

完全にそのためのテレビだった。モニターでいいんだがなんとなくテレビが置かれてそのまというわけだ。

ちなみに……。

「そのゲームがないですけどね。この家。私が持ってきたときしか使わなかったじゃないですか」

「それはそうなんだけど……実家にあるゲームはなぁ……」

「実家にあるゲーム、移動してきたらそれだけで壊れそうね……」

「そうなんだよなぁ……。ちょっと揺れただけで消えるからな。あれ」

それが嫌で結局ゲームも持ってきておらず、本当に何のためのテレビかわからなくなってはいた。

「懐かしいゲーム持ってるんですね……。今度また持ってきますね、新しいゲーム」

「どさくさで次の予定を入れるな」

「えー。もういいじゃないですか！　奈津菜先輩も来るようになったんだし今さら私を追い返そうとしなくても！　ねえ！　奈津菜先輩！」

「そ、そうね？」

「ほらー！　奈津菜先輩もこう言ってます！」

「勢いで押すな……」

奈津菜と目を合わせようとするとサッと顔をそらしながらこう言った。

「……健斗がなんでこうなったか、ちょっとわかった気がするわ」

「なら良かったかもしれない……」

良かったと思おう。

「えー、なんで私が呆（あき）れられてるんですか！」

むくれる葵を見ながら奈津菜と笑い合う。

「まあそれはそうと、ほんとに何するんだ？」

奈津菜の言う通り何もない家に三人集まっても……という感じだ。

いっそどこかに出かけた方がいいかと思う——いや違う、そもそもなんで集まってるんだって話だが……もうそれはいったん諦めるか……。

葵は楽しそうに持ってきた荷物をごそごそといじり始めていた。

「ふっふっふ。ちゃんと持ってきてますよ！　お二人はしばらくまともに話してなかったでしょうし、コミュニケーションを取るためにはこういうのがいいと思いまして！」

ドンっと、こたつ机の上に葵が置いたのは……。

「人生ゲーム……？」

「はい！　シンプルなゲームこそ盛り上がるはずですからね！」

「なるほど」

今日はそんな感じか。

「いっつもこんな感じなわけ？」

「まあこんな感じではある」

奈津菜の疑問に答えていると葵が抗議してくる。

「なんか私がいつも人生ゲーム持ち歩いてるみたいじゃないですか！」

「そうは言ってないけど……」

まあ何でこんなもん持ってきたんだというのは結構あったな。

「この前は突然将棋盤を持ってきた」

「将棋、できるの？」

「いや、葵は駒の動かし方すら知らなかったな」

「何で持ってきたのよ」

こんな感じだ。

「あれ、重かっただろ……」

「だってー。先輩と遊びたかったんですもん！　先輩そっけないから何持って行ったら遊んでもらえるか私も必死なんですよ!?」

　葵が叫ぶ。

「……ここで涙目はずるいわね」

　確かにそうというか、葵は自分の可愛(かわい)さに無自覚にやってるところがあるから質(たち)が悪い……。

奈津菜の方が葵に甘くなりそうだな、今ももうその傾向があるけど。

「ま、とりあえず葵が持ってきた以上一回は付き合わないとだから」

「先輩やっぱり私の扱いがどんどん悪化してませんか!?　厄介(やっかい)な親戚(しんせき)の子が遊びに来たみたいじゃないですか」

「おお、言い得て妙だな」

「ちょっと!?」

　実際のところはこんなやり取りを含めて少しずつ葵に慣れた、ってことなんだが、言うと調子に乗りそうだから言わないけど。

「で、やるのよね？」

「やる気満々だな」

　意外にも乗り気な奈津菜が続ける。

「そういうわけじゃないけど……私は葵ちゃんと遊ぶの初めてだし少しくらいはね」

　顔をそらしながら言う。照(て)れてるな。

葵はさっそく準備を終えて俺たちを促(うなが)してきた。

「いいですね！　はい！　じゃあ車に人を乗せて下さい！」

こうして三人での人生ゲームが始まったんだが……。


「お、宝くじ当たった」

「健斗……なんかずるしてない？」

「このゲームにずるのしようがないだろ」

「それはそうだけど……でもなんか、葵ちゃんを見てると仕組まれてる感じがしてならないわね」

そう。

葵はあらゆるゲームが弱いのだ。

それは運要素の強いこのゲームでも同じで……。

「うぅ……また借金マス……どうして……自分の生活もままならないのにご祝儀を巻き上げられるなんて……」

いつも通りといえばいつも通りの光景。

奈津菜にも言っておくか。

「葵って基本的になんのゲームやっても弱いんだよ」

「そんなー！」

　これまでの対戦成績やらを奈津菜に伝えると、憐れんだような複雑な表情で葵を見つめていた。

「うぅ……そんな目で見ないでくださいー……」

　泣きながらコマを進める葵の横で、奈津菜は……。

「なんというか、普通だな……」

「そうね。誰かさんみたいに結婚してご祝儀巻き上げてスポーツ選手になって貯金も潤沢な状況とは違うわ」

「いや……これはたまたまというか……」

　こんな感じなので順位は俺が一位、奈津菜が二位で、大差で葵が最下位だ。

　そして最下位の葵には追い打ちが続く。

「うわーん！　また高い絵買わされましたー！　どうして！」

「そろそろ葵、開拓地行かされるんじゃないのかこれ」

「そんなぁ。先輩！　私も車に乗せて下さい！」

　自分の車から人に見立てた棒を取り去ろうとする葵。

「ルールが無茶苦茶だろ!?」

「いいじゃないですか！　一人くらい増えても大丈夫ですって！」

強引に俺の車を奪おうとする葵から何とか車を守りながらこう突きつける。

「俺もう結婚してるから」

「うぐっ……でも！　もうこの際二番目でもいいです！」

「俺がよくない！」

一瞬ダメージを受けたのにすぐ立ち直ってこちらに摑みかかろうとしてくる葵を押さえていると……。

「あ、私も結婚したわ」

奈津菜が止めを刺した。

「ええええ！　うぅ……私だけ一人さみしく開拓地で余生を過ごすことに……」

力なく倒れ込みながらルーレットを回す葵。

すると……。

「あれ？」

「どうした？」

車を進めた先のマスを見て、バッと立ち上がった葵が意気揚々と言う。

「ふふーん。起死回生のマスです！　宝くじが当たったのでルーレットで賞金が決まります！」

俺たちもマスを確認すると……。

「六以上なら借金が実質帳消し、十が出れば健斗も抜けるわね。これ」

「ふふん！　先輩、あとで私の車に乗りたいって言っても遅いですよ？　どうですか？　私だけはまだ未婚ですし——」

「そんなルールはないしさっさと回せ」

「ひどい！　知りませんからね！　えいっ！」

カラカラとルーレットが回る音が鳴り響く。

「どうだ？」

「これは……」

葵が祈りを捧げながら見守ったルーレットが指した先は……。

「一ね」

「一だな」

「そんなぁあああ！　わぁあああん。次もう開拓地じゃないですか！」

「頑張って開拓してきてくれ」

「私たちはゴールを目指しましょうか」

「ねえええええ！」

葵がじたばたする横で奈津菜と一緒にゴールを目指す。

「いっつもこんな感じなわけ？」

「いつもこんな感じだな」

「私がいつも負けてるみたいじゃないですか！」

実際その通りなので俺は苦笑いをするしかない。

とはいえ、おかげで少しだけ、ぎこちなかった奈津菜との会話がスムーズになったのだった。

勉強会

「なあ、毎日のように来てるけどいいのか？」

「え？　何か問題でも？」

きょとん、とした顔で葵が答える。

「ツッコミ始めるときりがないけど……とりあえずそろそろ学園、試験じゃないのか？」

「そういえばそんな時期ね」

部屋にはもう当たり前のように葵と奈津菜がいる。

奈津菜はもうこたつでくつろいでるくらいだ。

そして試験について、お茶を淹れてくれていた葵の反応は……。

「あ……」

「その反応――」

「いいえ！　ちゃんとできます！　できますから！」

お茶を置いてからわたわた慌てだす葵。

わかりやすいな……。

「こう……ものすごくできなそうな反応ね」

「そうだな……」

「そんなぁ！　うぅ……先輩にバカだって思われたくない～」

なんだそれはと思いながら眺めていると、奈津菜が助け船を出す。

「まあ健斗みたいに推薦狙うならともかく、そうじゃないなら赤点でも取らない限り進学に影響したり補習があるわけでもないでしょ」

「うぐ……」

「え、その反応もしかして……」

これは赤があるな……。

「うわーん。だってなるべく学園に行っててもどうしても仕事で抜けちゃいますし」

「それはちょっと同情できるな」

「あとはその……どうしても先生の声が呪文に聞こえてウトウトしてきたり……」

「さっきの同情は返してもらおうか」

本当にこいつは……。

「まあ、そういうことならおとなしく補習を受けて巻き返せばいいんじゃないかしら」

奈津菜の意見はもっともだった。

「そのための補習だからな」

「嫌ですー！　前まではそれでもよかったですが、今の私には先輩の家に来るという大事な使命があるんです！」

「使命……別にいいから安心して補講を――」

「ダメです！　私は恩返しのために来てるんですから！」

これは説得は難しそうだな……。

「まあ、補講が嫌ならテストまでは料理とか気遣わないでいいから家で勉強してくれ」

「えー、でももう私がいないと先輩食べるものなくて死んじゃうじゃないですか」

「俺のことなんだと思ってんだ……そりゃまぁ、もうだいぶ葵の飯に頼ってはいるけど」

実際助かってないとは口が裂けても言えない。

「ほらー！　来れないとき用に作り置きもしてますし、もう先輩は私なしじゃ生きられないはずなんです！　先輩を生かすも殺すももう私次第ってことですよ！」

「恩返しだったはずなのに物騒なことになったな……」

「というか健斗、そこまでさせてたのね」

「いや……」

奈津菜の視線が痛い……。

言い訳をさせてもらうなら俺から頼んだわけじゃないし、なんなら拒否権すらなかったんだけど、今何かを言うのは分が悪そうだ。

「とにかく！　料理はライフワークの一つなので絶対なんです！」

「じゃあ仕方ないか……。ここで勉強していいぞ」

「そうそう仕方ない……え？」

得意げな表情が一転して驚きを見せる。

いやこれは……勉強をしない言い訳を奪われて嫌そうにしている顔だな。

「そうね。というか健斗、見てあげたらいいじゃない勉強」

「えっ!?」

奈津菜からも援護射撃が入る。

「奈津菜のほうが文系科目はいいんじゃないのか？」

「健斗のほうが教えるのはうまいと思うわよ」

「そうか？」

「私は別に授業に出て最低限やってるだけ。健斗はちゃんと勉強して成績取ってたでしょう？そのやり方を教えてあげたらいいんじゃないかしら」

そんなもんか。

と、話していると葵のスイッチが切り替わっていた。

「いいんですかっ!?」

「急にやる気になったな」

「私はいつだってやる気ですよ！　先輩！　教えてくれるんですかっ⁉」

「まあ、俺でよければいいけど……」

「ご褒美もちゃんとくださいね！」

「待て。なんで要求が増えてるんだ」

どさくさに紛れてこいつは……。

「あと私は褒められて伸びるタイプなので怒られたくないです！」

どんどん調子に乗る葵。

奈津菜も仕方ないなという感じで笑っていた。

「まぁ怒る気があるわけじゃないから別にいいんだけどさ」

「ご褒美も、いつも料理してもらってるならお礼を兼ねて何かしてあげたらいいじゃない」

「何か……仕方ない。終わったらアイスでも買ってやるか」

だが葵はお気に召さなかったらしい。

「えーそういうのじゃなくて、もっとほら、先輩からの愛を感じたいです！　愛を！」

無視しよう。

「さっさとやるぞ」

「えー、冷たいー！　ほらほら、この問題ができたら撫でてあげるとかですね」

めげないな……。

　というか……。

「そんなんでいいのか？」

「え？」

「え？」

「ん？」

　葵だけじゃなく、奈津菜にまで反応される。

　嫌な予感がするな……。

「……まあとりあえずやるか」

「ちょ、ちょっと待って下さい！」

「そうよ！　どういうこと!?」

　誤魔化そうとしたが無理だった。

「今撫でてくれるって言いましたよね!?」

「言ってはない」

　言ってはないだろう。

　が……。

「言ったようなものでしょ！　どこでもそんなこと言ってないでしょうね!?」

奈津菜に見逃してもらえなかった。

こんなに食いつかれるとは……。

「言う相手なんていないだろ」

そもそも女子を避けて生きてきたところがあるんだから……。

「それはそうかしら……」

「いいえ、奈津菜先輩油断しないでください。先輩は意外と年下に甘いですからね。私はもう撫でられ済みですし」

「健斗……」

冷ややかに奈津菜に睨まれる。

「今のテンションだとその……誰でもいつでも、頼めば撫でるような感じじゃないです!?」

「それはまずいわね」

葵が奈津菜を味方につけてしまった。

「まぁ、頼まれることなんてないだろ」

「嘘です！　先輩は年下受けいいんです。私が証人です！　絶対どこかで私以外を撫でますし、というか、撫でたことありますね!?」

「いや……あ……」

そういえば一人だけいた。

年下で、頭を撫でる相手が。

「ええ!?　本当にいたんですか!?　誰ですか！　言って下さい！　先輩はそんなことしないと信じて私は必死に歌手活動に勤しんでいたのに先輩はどこの可愛い子ちゃんを撫で回してたんですか!?」

「人聞きが悪い！　妹だよ」

「あ、なんだそうなんですね」

さっきまですごい勢いで詰め寄って来ていたのに急に素に戻って座り直した。

「健斗、本当に咲乃ちゃんに甘いわよね」

生野咲乃。

少し下の妹で、幼馴染みの奈津菜は当然知っている。というかよく一緒に遊んでいた。

小さい頃は内気でずっと俺の後ろに隠れて離れないような子で、今も幸い反抗期らしい反抗期も迎えず普通に会話ができる妹だ。

「咲乃ちゃんっていうんですね！　わー会ってみたいー！」

「そのうちな」

「やったー！　これで私も先輩と家族ぐるみで仲良く……」

葵がトリップし始めたので意識を戻させよう。

「はいはい。勉強頑張ったらな」

「ほんとですね!?　私やりますよ！　やりますからね！」

「期待してるよ」

やる気が出たなら何より。

「じゃあ私も、邪魔しないように本でも読んでるわ」

奈津菜もそう言って、それぞれ作業を始めた。

「で、どれが苦手なんだ？」

「先輩、甘いですね。どれが苦手かなんてわからないくらい全部ですよ！」

「胸を張って言うな……」

なんでこの状況で自信満々になれるのか不思議で仕方ない。

とりあえず現状を確かめるために今持っている勉強道具を出してもらったんだが……。

「ひどいな」

「えへへ。先輩に隅々(すみずみ)まで見られちゃいましたね」

葵の状況はわずかながらに見える小テストの結果や、ノート、宿題を見ただけでよくわかるものだった。

もう少し恥(は)じらいを持ってほしいくらいひどい。

ただ……。

「葵って、勉強が嫌なわけじゃないだろ？」

「え？　そうですね……忙しい時によくわからなくなってそのままずるずる……という感じで、でも別に、特段嫌な思い出はないです」

そう。

まあもちろん人並みに勉強が嫌いという意識はあるものの、逆に言えばここまで壊滅的なのにきっちり小テストも最後まで解いているし、宿題も自力で終わらせようとしているのだ。

答えを見たり、さぼったりはしていない。

もちろん授業に出ない分の内申稼ぎという側面もあるだろうが、それだけじゃないだろう。

「葵、授業で抜けてた部分だけ教えるから、あとはノート見て自分で問題集解いてみろ」

「わかりました！」

「まずここから……葵がこの問題が解けてないのは、この部分で何やってるかわからなくなってるからだ。この辺休んだろ？」

「すごい……よくわかりますね」

「休んだときにこの公式習ってるはずだから、これだけ理解すれば……」

そんな感じで、葵が休んだ部分だけを軽く教えて、その知識を使って解ける問題を問題集でやってもらっていく。

問題集は同じものでいい。学校のテストなんてそこからほとんど変えずに出してくることが多いし、新しいものをやるより一つの問題集をきっちり何度もやったほうが効率がいいんだ。

そんなこんなでしばらく、葵は黙々と勉強と向き合い、奈津菜は本を読みながらも時折葵の様子をみて微笑む、そんな時間が過ぎたのだった。

◇

「すご……。え、私めちゃくちゃ頑張ってませんでした⁉」

葵が顔を上げる。

数時間はやってただろうな。

「ちょっとびっくりするくらいやってたな」

「本当ね。これで赤点ギリギリは嘘でしょ」

「先輩の教え方がめちゃくちゃ上手だったんですよ！　私こんなに勉強楽しかったの初めてです！」

まっすぐこちらを向いて、キラキラした目で言われる。

「そりゃよかったけど」

さすがにこうも直球だと恥ずかしい……。

「あ、先輩照れてる？　照れてますねー？　可愛いー！」

「うるさい。この調子でテストまで頑張れよ」

「毎日見てくれるんですかっ!?」

「毎日か……」

さすがにそれはどうかと思ったんだが……。

「どうせ毎日来てるんだからいいじゃない」

「なんか……奈津菜は葵のこと妹みたいに可愛がるな……」

奈津菜が葵に甘い。

「先輩が毎日見てくれるなら頑張りますよー？」

そして葵はすぐに調子に乗っていた。

いつの間にか取り出していた券までちらつかす始末だ。

「いちいち券をちらつかせるな！　ほら、奈津菜が甘やかすからだぞ」

「まあいいじゃない。健斗も勉強になったんじゃないの？」

「それはまぁ……」

確かにちょっと、久しぶりに勉強ができた気はする。

「そうなんですか？　あーでも教えるとより理解するとかよく言いますね。私にはまったくわからない感覚でしたが」

「推薦決まってからちゃんと勉強する機会なんて減ってたでしょうし、良かったんじゃない？」

「確かにな」

進学に向けて不安があったのはそうだし、それが解消できたのは良かったんだが……。

「えへへー。私が先輩の役に立ってるってことですね！」

わかりやすく葵が調子に乗っていた。

「調子がいいな……」

とはいえ料理を中心にもう、葵が役に立っているかいないかと聞かれてしまえばそうなるんだろう。

調子に乗るから本人には言わないけどな。

ウイスキーボンボン

「先輩。今日はお土産があるんですよ？」

「お土産？」

当たり前のように家にやってきた葵が今日も何か持ってきたらしい。

「はい。ほら、差し入れでもらっちゃって」

「差し入れ……そういえば葵って人気なんだな」

油断すると忘れそうになるが葵は人気歌手なんだった。

差し入れとかもう、聞いたことない世界すぎる。

「そうよね……なんか当たり前に健斗と一緒にいるから忘れがちだけどすごい子なのよね、葵ちゃん」

「しみじみ言われるとなんか恥ずかしいですけど……一応結構売れてるんですよ？」

照れ隠しをするようにドヤ顔で胸を張る葵。

「この前もコンビニで流れてたし……本当に、なんか不思議ね」

奈津菜が言う。

「改めて、毎日のようにうちに来てるのまずいんじゃ――」

「あーだめだめ！　せっかく先輩に女を感じさせないようにして家に居座るのは許してもらえるようになったのに巻き戻っちゃう！　とにかく！　お土産です！」

「女を感じさせない……？」

奈津菜は何か思うところがあったようだが葵が食い気味に例の差し入れを取り出しながらこう言った。

「ほら！　この箱一緒に開けましょー」

まあいいか。

包装紙に包まれた箱を開けていく。

「へえ。おしゃれな箱ね。中身は？」

「中身は……何なんでしょう？」

「知らずに持ってきたのか？」

そんなもんなんだろうか。

「いや、洋菓子とだけは聞いてますよ」

「チョコレート……？　お酒が入ってるやつね」

「ウイスキーボンボンか」

チョコレート菓子の中にウイスキーが入れられているお菓子……。

なんかお高そうなイメージがあるし縁がない食べ物だったな。

「大丈夫かしら……お酒」

「お酒は入ってますけど、これは合法ですよ？　お酒なんてお料理にだって使ってますからね！　それと同じです」

「まぁそれはそうね」

葵がまくし立て、奈津菜はあっさり納得した。

今思えばこの時止めておくべきだったんだが、後の祭りだな……。

「一緒に食べましょー！」

「良いけど、間違っても酔っ払うなよ？」

「こんなお菓子で酔うなんてあり得るの？」

「一応お酒ですからあるかもしれませんが、でも私のこと子ども扱いしすぎです。ウイスキーボンボン程度で酔うはずないじゃないですか」

妙に自信満々なのが逆に怖い。

「なら良いんだけど……素面で十分厄介なのに酔ったら対応できる気がしない」

「シンプルにひどい！」

「健斗が悪いわね」

「うぐ……」

おかしい。

味方がいない。

しょうがないない、話を変えるためにも……。

「とりあえず一つもらうぞ」

「誤魔化した」

「誤魔化したわね」

ジト目の二人にしばらく睨まれ……葵が諦めたようにため息を吐いた。

「はぁ……まあいいです。じゃ、いただきまーす」

「いただきます……おお……」

「美味しいわね」

全員一緒に口に入れたが、みんな反応は似たようなものだった。

誰が食べても美味しいというくらいにはいいものだったんだろう。

「確かに、美味しいな。でもやっぱ結構がっつり酒の味を感じ――」

落ち着いて話せたのはそこまでだった。

「待て葵、お前もうやめろ！　もう顔赤い」

「え～？　らいじょうぶですよ？」

手遅れだった。

いや早すぎるだろ……。防ぎようがない。

「自分で大丈夫っていうやつに大丈夫なやつはいない！　奈津菜も止め――」

助けを求めた奈津菜は……。

「健斗……どうして何年も話してくれなかったのよ……」

「ええ……泣いてる……」

ダメだ。

どう見ても二人とも、一瞬で酒にやられていた。

「寂(さび)しかったんだから！」

いつもは隙(すき)を見せないというかそっけない態度の多い奈津菜が一変してグイグイ迫ってくる。

もはや体にのしかかってくる勢いだ。

「悪かったって……」

「むぅ……ずるいです。私が抱きついたら拒否するのに奈津菜先輩はいいんですかぁー？」

トロンとした目でこたつで溶けていた葵がこちらににじり寄ってくる。

「待て。今葵まで来たら……」

「もっと私のこと構ってくださいよぉー」

ガバッと、俺たちの方になだれ込んできた。

「こらくっつくな！」

「ひーどーいー」

「健斗ぉ」

「あーもう面倒な酔っぱらいだな。水入れてくるから待ってろ」

何とか二人を引き離して立ち上がる。

力なく床にへたり込んだ二人を見ながら、とりあえず水を入れてくる。

「ほら」

「むぅ……」

なぜか不服そうにしながらも水は受け取って飲んでくれた。

「んくっ……ん……お水、美味しい……えへへ」

奈津菜はそのままよくわからないことを言ってこたつに突っ伏して力尽きていた。

一方葵は……。

「ぷはっ……先輩、やっぱり私の方が距離がありますよね……」

「水飲んだらすぐ戻ったな」

割とあっさり正気に戻っていた。

むしろさっきのが演技だったのか疑いたくなるくらいのあっさりさだ。

「大丈夫か？」

「だいじょ――いえ、多分ちょっと酔ってます」

なんで言い直したんだ……。

そのまま葵は続ける。

「普段はグイグイ行き過ぎると引いちゃうから遠慮してたんです。これでもかなり気を遣って」

「おお……」

「でも今日はなんか止まれないしもうとことん甘えることにしました！　いざとなれば何でも言うこと聞く券を解放する覚悟です！」

油断していたのもあるが、急に動き出した葵にすぐ捕まり、膝枕をさせられるような格好になった。

「おい」

「いいじゃないですかーこのくらい！」

「それは……いやまず、マシになったとはいえ酔った状態で券を持ち出すのはやめろ！」

結構やばい代物だったはずだろこれ⁉

「えへへ。いいですねえ、この膝」

「おい……」

何とか降ろそうとしていたところだった。

「健斗ぉ……あちゅい……」

突然奈津菜が立ち上がったかと思うと、おもむろに服に手をかけ始めたのだ。

「待て、脱ぐな！」

「せんぱーい？　甘えさせてくれないと券が……って奈津菜先輩!?」

ようやく異変に気づいた葵も身体を起こすが、そのせいで奈津菜の標的になったらしい。

「ふふ……葵ちゃんも脱いじゃえばいいのよ」

「ちょっ！　だめです今日のブラちょっと見栄張ったやつだから浮いちゃってて……」

要らん情報が舞い込んできた。

そしてそのまま奈津菜に捕まった葵は、身体をまさぐられ始める。

「ひゃうっ！　ちょっと奈津菜先輩!?」

「む……大きい……意外とあるのね……葵ちゃん」

「先輩ー！　助けてください！」

葵がこちらに手を伸ばしてくるが……。

「どう考えても無理だろ。俺向こうにいるから……」

さっと背を向けることにした。

「そんなぁー！　というかこんなことになるなら奈津菜先輩に食べさせちゃだめじゃないですか！」

「俺もこうなるなんて知らなかったから」

今後はもちろん絶対に飲ませないことを誓った。

というか葵も似たようなものだろう……。

「むぅ……健斗、服着てるわね」

「着てるのが普通だからな!?」

「葵ちゃん、脱がすわよ」

ニヤッと笑ってそんなことを言い出す奈津菜。

「なんでそうなる!?」

思わず後ろを見てしまう。

もう葵が結構際どい状態になっていた。

奈津菜が葵への攻勢を強めながら促しているが、珍しく葵の方が乗り切れずにいた。

「ほらほらー葵ちゃん？」

「それは魅力的な提案なんですが手で押さえてないと色々見えちゃうくらい私が脱がされて――」

「隠さなきゃいいじゃない」

手をどかせようと動き出した奈津菜に必死に抵抗する葵。さすがにこれ以上は見ているのも申し訳ないので目をそらしておいた。

後ろから葵の叫び声が聞こえていたんだが……。

「ダメダメさすがに下着より先は恥ずかしいですって！」

「じゃあ健斗でいいわ」

「いやいやおかしいだろ!?」

不穏(ふおん)な言葉に身構えると、すぐそばまで奈津菜が迫って来る。

「何よ……前は一緒にお風呂だって……！」

勢いよく俺に抱きついてきた……というより倒れこんできた奈津菜を抱きかかえると……。

「すぅ……」

「え……寝た……？」

「寝ちゃいましたね……」

「それはよかったけど……どうすんだこれ……」

抱きついてきた奈津菜を何とか地面に転がして言う。

「ここまではだけてるのに絶妙に見えないの、逆にすごいですね」

「それは……ほんとにな」

絶妙だった。

はだけたYシャツから肌(はだ)は見えるのに、隠すべき場所はきっちり隠れている。

「残念ですかー？　どうしてもというなら代わりに私が――」

からかおうとしてくる葵だが……。

「そんな余裕ないだろ。顔赤いぞ」

「うぅ……先輩だけ酔わないし脱がないしずるいですー！」

「ウイスキーボンボンで酔って脱ぐのがおかしいんだよ！」

「私は自分から脱いでないのに！」

その後もくだらない言い争いを続ける葵と俺の隣で、奈津菜はすやすやと眠り続けていたのだった。

起きた時に記憶がなかったのは不幸中の幸いだと思おう。

オムライス

「雨降られちゃいました！　寒いー……」

「雨なら無理して来ることなかったのに……」

この時期には珍（めずら）しいゲリラ豪雨にあった葵（あおい）が濡（ぬ）れながら家にやってくる。

傘（かさ）はあったらしいが結構濡れてるな。

「えー。水も滴（したた）るいい女、ですよ？」

「いいから早く入れ」

アホなことを言いながら変なポーズをとる葵を招き入れると、先に家に来ていた奈津菜（なつな）もやってきた。

「はいタオル。風邪ひくわよ」

「わー奈津菜先輩ありがとうございま――あれ、私の方が遅かった!?」

「今日は早めに来てたな」

「どうせ来るなら先に来ててもいいかと思ってね」

「なるほど……。ほんとに話し始めたらすぐに距離縮まりましたねぇ。いやこれは元に戻ったって言うんでしょうか」

タオルで身体を拭きながら葵が言う。鞄を受け取って拭いてやりながら答える。

「どうなんだろうな」

「私に聞かれても……」

まあ確かに割と普通に会話はできているが、さすがに昔のような感じではない。これがいいのか悪いのかはよくわからないけど。

「まあそれはそうと、今日は何持ってきたんだ、これ」

「あ、気づきましたか？　卵もらってきたんですよ！」

鞄と一緒に受け取った保冷バッグの中身は卵だったらしい。

「卵？　育てるのか？」

「なんでよ。食べ物の話でしょ、保冷バッグなんだから」

ああ、普通そうか……。

この前こんな入れ物でトカゲを動物病院に連れて行ったせいでおかしくなっていた。

「あはは。先輩保冷バッグにカイロ入れてペットの移動するって言ってましたもんね」

「そういう使い方もあるのね……」

奈津菜もペットのことは把握しているんだが、抵抗感の方が強そうであんまり話していない。

「まあでも今日は食べ物です！　実家で採れたってスタッフさんにもらったんです！」

「色々もらってくるなぁ」

「こうして聞くと本当に、住む世界が違うわね」

なんかこの前も同じような会話した気がするな。

「わー距離を感じないでください！　とにかく美味しいらしいんでせっかくならこれ使って料理しようかなと！」

「いつも悪いな」

「ほんとよ」

なぜか奈津菜に怒られた。

「このままだと健斗、本気で葵ちゃんいないと生きていけなくなるんじゃないの」

「うっ……」

若干危惧しているというか、一人暮らしのお試し期間にこれじゃ先が思いやられるとは思っていたところだった。

「ふふ……計画通りですね」

「流石に葵なしでもなんとかなると思いたい……というか、たまには俺が作るか？」

「えっ⁉　いいんですか⁉」

「健斗、料理できるの？」

「一応一人暮らししてるんだから最低限はやるぞ」

そう。

ここに越して割とすぐ葵が来るようになったとはいえ、最初は気合いを入れて料理も覚えようとしていた。

元々実家でも全く作っていなかったわけではないしな。

「さらっと雑炊作ってくれましたもんね」

「そうなの!?」

「あれは調べながらだったけどな」

「調べながらなら作れるのね。意外というか……なら食べてみたいかも」

奈津菜が言う。

「私も食べたいです！　ああでも……先輩が料理できちゃうと存在意義が……」

「別にいいだろ……」

変なことを気にして葛藤しだした葵を置いて食材を確認する。

とりあえず冷蔵庫を開けるまでもなく玉ねぎはあるから……。

「オムライスとチャーハン、どっちがいい？」

「「オムライス」」

即答だった。

「卵が美味しいんだしその選択肢ならそうなるでしょ」

「そうですねー」

「卵がいいチャーハンも美味しいんだけどな……あー、夜すき焼きもいいな」

あれは肉の質より卵の質がものをいう。

「夜まで作らせちゃったら私の役目がないじゃないですか！」

「葵ちゃんは卵持ってきたんだし、いいんじゃないかしら」

「卵係だな」

「なんですかその係！　むぅ……まぁ今日は先輩に譲ってあげてもいいですが……鍋やるなら材料とかあるんですか？」

「わからん。もう冷蔵庫の中身は葵の方が把握してるだろ」

「どれだけ世話になってるわけ……？」

奈津菜にジト目で睨まれる。

「ほっといても勝手に増えるんだよ、冷蔵庫の中身」

「そんなホラーみたいに言わなくてもいいじゃないですかー！」

「突然押しかけてきて男をだめにする妖怪とかいたわね」

「うぅ……二人して……」

ついいじりたくなるんだよな……葵。

　これ以上は本気でいじけるからやめておこう。

「ごめんごめん。まあオムライスくらいなら材料はあるから、とりあえず待っててくれ」

「はーい」

「よろしくね」

　久しぶりに料理を始めるかと準備をし始めたんだが……。

「なんでキッチンにみんな来たんだよ」

「先輩の料理姿なんて見たいに決まってるじゃないですか！」

「あんたがちゃんとできるのか見ておこうと思って」

　とにかく二人とも気になるということだけわかった。

　……まぁいいか。

　包丁を出して玉ねぎを切っていく。

「意外と手際がいいわね」

「ほんとに料理できたんですね、先輩」

「なんで疑われてたんだ……」

　しかもまだ玉ねぎ切っただけだ。

「ここいたら染みるぞ？」

「手早くやれば大丈夫です！　さあ！」

「そんな技術はない……」

とはいえ量もそんなに必要じゃないし、被害が出る前には切り終える。

肉も準備しはじめたところ……。

「あ、私中を割ったら黄身が出てくるふわとろオムライスがいいです！」

「私あれ食べてみたいわね、ドレスみたいになってるやつ」

「好き勝手言うな……」

まあ一応やってみるけど……。

「その前にご飯の方やらないと」

「あ、具を炒(いた)めてるときにケチャップをかけておくとムラなく色がつきますよ」

「へえ。そうなのね」

なんだかんだ言いながらも、ひとまずそちらは片づけて……。

「ふわふわにするコツは卵をケチらないことです！　たくさんありますからね！」

後はメイン。卵をやるだけになった。

というか、葵からどことなく、子どもに料理を教えてるような放っておけなさを感じるな……。信用がないというかなんというか……。

まあいいか。

「ほらほら先輩！　卵ですよ！」

「確かに多いな……」

普通に使っても使い切れないくらいにはある。

ケチる必要はないだろう。

「あとバターは冷蔵庫の右側の一番上ですー！　生クリームもありますよー！」

「ありがと……いつの間に……？」

「ほんとに葵ちゃんのほうが中身把握してるのね……」

奈津菜が呆れたように言うが、バターやら生クリームまでいくともう俺のせいじゃない気がするし、奈津菜もその感覚なんだろう。あんまり責めるオーラはなくなっていた。

「えへへ。ほらほらー。ふわとろにしてくださいねー」

狭いキッチンに押しかけてくる葵。

後ろを奈津菜がついてくる。

「狭い！　やっぱこのキッチンに三人は無理だろ」

「今更ですよー。ほらほら、ここからが見せ場じゃないですか」

「どさくさでくっつこうとするな」

肩に手を乗せて覗き込んでくる葵をどかしながら卵を溶く。

「狭いんですからしょうがないですって。ね？　奈津菜先輩」

「そ、そうね。しょうがないわね？」

「勢いに負けるな奈津菜！」

「あ、ほらほら、バター溶けましたよ！　先輩！」

「わかったわかった、やるから」

結局わちゃわちゃとやり取りをするうちになぜか誰が一番うまく作れるか勝負が始まり、全員でお互いの失敗作を食べ合うことになったのだった。

見た目はともかく、味は良かったので良しとしよう。

アルバム

「今日はちょっと趣向を変えてみようと思いまして」

「それでその荷物か」

「はい！　これですー！」

「アルバムか」

紙袋から取り出されたのは布製の装丁が施されたなかなかの大きさのアルバムだった。

「もう家に集まることに突っ込むのは諦めたのね」

「葵だけのうちはともかく二人になってからは分が悪い」

「なるほど……」

というかそれを言うなら奈津菜も、となるんだが……。

まあいいか。

「ほらほら！　そんなことよりこれで私のことをもっとよく知ってください！　その間に奈津菜先輩！　例のものを」

「例のもの……？」

「健斗の写真も見たいって言われて持ってきてたのよ」

「え……」

こいつ……このためにアルバムとか言い出したか。

「ぐへへ……これで先輩がどうやって育ってきたか丸裸というわけです」

「こっちがメインなのね……」

奈津菜も気づいたらしい。

「もちろん私のことを知ってもらいたいというのもありますけどね！　でもそれはそれ、これはこれです」

葵はいつでも楽しそうだな……。

「アルバムか……よく持ってたな」

「小さい頃はお互い両親が写真残してるでしょ、健斗の家にも同じくらい私の写真あるわよ、絶対」

「それはそうかもしれない」

「とはいえ、小学校に入ってからはほとんどないんだけど」

「うちもそうだろうな」

そんな話を奈津菜としている間に、もう葵は俺のアルバムをめくり始めていた。

「あ、これ可愛い！　スイカ割りで目隠しされて泣いちゃったんですか？」

「懐かしい。健斗、暗いの嫌がってたわねそういえば」

そんなこともあったな……。

「写真見るまで記憶になかったけど」

「ふふ。そんなものよね」

「ふむふむ。こうして見るとほんとにお二人、よく一緒にいたんですねぇ」

ペラペラとアルバムをめくりながら葵が言う。

「まあな」

「いいなー。あ、かまくらの中で遊んでるのとか、可愛いですねえ。雪降ったら作りますか!?」

「今の俺たちのサイズで作るのはなかなか大変だろ……」

「あっ！　これも可愛いー！　先輩桜の花びらだらけになりながら寝てる！」

「お花見のときね」

もはや葵は会話よりアルバムに夢中だった。

「我ながらなんでこうなるまで寝てたのか不思議だ」

「健斗、昔は一度寝たら起きなかったわよ？」

「そうなのか？」

「自覚がないのも面白いですねぇ。いやーでも、こうして見てると先輩とやりたいことが増えますね！　スイカ割り、雪遊び、お花見！」

　パタン、と一度閉じると葵が顔を上げて言ってくる。

「楽しそうね、それはそれで」

「さあ！　じゃんじゃん次に行きますよ！」

　終わったかと思いきやすぐに次のアルバムに手を伸ばし始めた。

「といっても、小学校入ってからはないからこれで最後よ？」

「あ、ほんとだ」

　むしろ月宮家にほとんど俺のアルバムって言っていいものが二冊もあるのがおかしいんだけどな……。

　そうこうしているうちに葵がどんどんアルバムをめくっていく。

　ページ毎に色々感想を言いながらあれもしたいこれもしたいとやりたいことを増やしていく葵。

　その様子を見ていた奈津菜だったが……。

「あ、そのページは確か……」

「なんかまずいのか？」

「健斗がお風呂入ってる写真があったから……」

「あー」

もう手遅れだった。

「え、これ、見ちゃっていいんですか!?」

「すごい……手で顔覆ったのにガン見してるわね、指開いて」

「なんか意味あったのかその手」

わかりやすく欲望に負けている。

いや赤ちゃんの時の裸見られても……と思ったんだが……。

「流石に直視するのは申し訳ないという乙女心です！　というより！　全部見えてるじゃないですか！」

「まあ子どもの写真なんてこんなもんだろ」

「そうね……私は同じような写真、回収してきたけど」

「自分だけ……だからここ不自然にスペース空いてたのか」

まあ奈津菜の写真が残ってたらちょっと気まずかったかもしれないしいいか……。

「うぅ……私のアルバム大丈夫かなぁ」

「そういえば結局俺のやつしか見てないな。葵のも見るか」

「ええ!?　この流れでというのは結構恥ずかしいというか……」

まあそれもそうか……。

「健斗に見られて困りそうなのは先に私たちで回収しちゃう?」

「むしろ目の前で見られるのが恥ずかしいからもう今日は開かずに置いていくとか……」

「せっかく持ってきたのに……」

というか置いていかれても困る。

と思っていると何か自己解決したらしい葵がこんなことを言い出した。

「うぅ……そうですよね。わかりました！　さあ、私のすべてを見てください！」

「いや、そこまで覚悟されても……」

どうしたものかと思っていたが奈津菜はあっさりこう返してアルバムに手をかける。

「まあいいじゃない。見ましょ」

そして開いた一ページ目……。

「あ……」

「いきなりなのね……」

思いっきりすべてをさらけ出したお風呂シーンから葵のアルバムは始まっていた。

「うわー！　思ったより恥ずかしいじゃないですかこれぇえええ！」

「そうね、ここまで丸見えだと……」

「言わないでくださいー！　いやでも先輩は何か言ってください！」

「いや……このタイミングで喋(しゃべ)れることはないだろ」

何を言えっていうんだ……。

というか赤ちゃん過ぎて葵の面影(おもかげ)もほとんどないしほんとにコメントのしようがない。

「それでもです！　ほら！　きれいだねとか可愛いねとか！」

「赤ちゃんのお風呂の写真にその感想は……いや可愛いはいいのか」

よくわからなくなってきた。

そしてもっと混乱している葵が叫びだす。

「うわーん、先輩に全部見られたぁー」

「人聞きが悪いし自分で持ってきたんだろ!?」

「でも恥ずかしいんですよー！」

顔を赤くしてアルバムを奪い取る葵。

「私は回収しておいてよかったわね」

「奈津菜先輩だけずるいです！　こうなったらもう、奈津菜先輩も全部見せちゃえばいいんです！」

一人勝ちの奈津菜に飛びかかるように葵が抱きついて……そのまま奈津菜の服を脱がせにかかる。

この前の仕返しか……？

「ちょっと!?　ダメダメ脱がさないで……健斗!?」

サッと顔を背(そむ)ける。

ALBUM

「俺はなんも見てないから」

後は二人でやってくれと思っていたのに……。

「先輩も脱げばいいんですー！」

「こっちに来るな!?　俺はさっき見られただろ!?」

その後もテンパってよくわからなくなった葵に、奈津菜と二人振り回されたのだった。

神社の力

「そういえば奈津菜先輩の家って、あの月宮神社でいいんですよね？」

「そうね。何かあったの？」

もはやいつもの光景になった我が家のこたつで、葵と奈津菜が会話している。

俺は一緒に入ると狭いので最近こたつは使えていない。おかしい……家主なのに……。

まあいいか。神社の話だったな。

「この前、収録の時に話題になってて、ＳＮＳでも紹介されてますよね、パワースポットって！」

「え、そうなの？」

「すごいなそれは」

感心していると葵が携帯を見せてくるので奈津菜と一緒に覗き込む。

「ほらほら」

「ほんとだ……」

そこには確かに、月宮神社の写真が大量に投稿されていた。

「地元だと有名だったけどそこまでいったのか」

「有名……だったのかしら」

「絵馬とかすごい売れてただろ」

「そうね……結構お手伝いはさせられてたし」

奈津菜はあまり自覚がなかったようだが、学園でも話題になる程度の知名度はもともとあった。

それこそ最近だと合格祈願に行くやつも多かったな。

「お手伝いしてたんですね！　やっぱり巫女服なんですか!?」

「まぁ……そうね」

「わぁ、見てみたい！」

「正月に行くと会えるぞ。初詣で」

奈津菜とは話さなくなっていたが、神社には行っていた。

修二と初詣に行ったときに毎回巫女服の奈津菜を遠目に見てたわけだ。

「初詣！　行きましょー！　一緒に！」

「葵ちゃんはともかく……健斗は来てほしくないわね」

「まあ身内に見られるのは恥ずかしいだろ」

どうやら奈津菜は俺が行ってたことに気づいてなかったらしい。

このまま黙っておこう。

「一瞬ならともかく、健斗は来たら手伝いに巻き込まれるかもしれないのよね」

「ああ、そっちか」

確かにあり得そうだ……。

「なるほどー。そうなると一緒に行ってもしょうがないですねぇ」

「まあその時は葵も手伝ったらいいだろ」

「そうね」

思いつきで言ってみたが奈津菜が意外と乗り気だった。

「え!?　いいんですか!?　巫女さんってそんな簡単にやっても」

「バイトも募集するくらいだし、そもそも私だって何か特別な資格とか持ってるわけじゃないし」

その言葉を聞いて葵がこちらを向いてこんなことを言う。

「へぇー。どうですか？　先輩。私の巫女服姿見たいですか!?」

「いや、別に……」

珍しい服だな、以上の感想がない。

多分奈津菜を見てたおかげで。

「どうしてですかー！　いやでも先輩は月宮先輩ので慣れちゃってるから別の衣装の方がいいんでしょうか」

「葵ちゃんの歌手のときの衣装とかあるならそれの方が反応いいかもしれないわよ」

「え!?　そうなんですか!?」

奈津菜が余計なことを言っていた。

「そうなんですかって言われてもそもそもほとんど家来るとき制服だしな……わからん」

たまに私服のときがあったけど、それだけで新鮮なくらいだし。

衣装で何が変わるかといわれるともうわからない……。

「先輩の家に衣装置いて行ってもいいですか？」

「良いわけないだろ。というかこれ……何の話だ……」

「先輩がどんな衣装に興奮するかという話です！」

そんな話では絶対になかったはずだ。

「あれよね……うちの神社がどうこうって……」

「それでした！　神社のお話聞きたかったんです！」

脱線させた本人がけろっとした表情で話題を戻していった。

いいんだけど……。

「話って言われても、別に特にないのよね」

「むしろ地元を越えて葵の仕事場でも話題になるほどってほうが気になるから、葵から話聞きたいくらいだな」

「そうよね。いつの間に……」

本当に身近だった側からするといつの間に、という感じだからな。

「願いが叶う神社って言われてますよね。こんなお願いしたらこんな形で叶った！　みたいなエピソードが結構あるんです。ほら」

葵が再び携帯を見せてくる。

葵の言う通りの投稿が結構な数見つけられた。

「実際どうなんですか？　そういう不思議なパワーは!?」

「いや……別に普通の神社……というより私もそこまで詳しくないのよ」

「そうなんですか!?」

「ええ。生まれた時から当たり前に触れてきたものだし、別に継いだりする予定もないし……」

「ええー!?　そうなんですか!?」

葵が驚いているがその辺の話は俺も初耳だった。

まあ前は特に気にするような歳でもなかったし、聞く機会がなかった感じだ。

「割と適当というか……親戚もいるし、最悪孫でいいとか言ってるわね」

「あー……」

「まあそういうわけであんまり知らなかったけど、最近はさすがに聞かなきゃなって思ってるわ」

「最近……」

「券よ」

奈津菜が言う。

そう、この券のことは色々考えないといけないだろう。

一番関係がある可能性が高いのはやっぱり、月宮神社だろうからな。

「あー！　願いを叶える力の塊(かたまり)みたいなものですもんね、これ」

「そうなのよね……」

何かしら神社の力が働いてても不思議じゃない。

「もともと奈津菜先輩が健斗先輩に渡した券……ですよね？」

「そうね。多分それが一枚目」

「一枚目……？」

「あの時期はひたすら券を送り合ってたんだよ」

「そうだったんですか！　あれ……じゃあもしかして月宮先輩って、この券を何枚も持ってるんですか!?」

「持ってはいるけど、力を持った券はそれだけよ」

そう。

それは奈津菜に話してまず確認したことだ。

こんな券が何枚もあったんじゃ危なすぎる。

「そうだったんだ……あれ？　送り合ってたってことは健斗先輩も……？」

「ああ。俺が送った券は奈津菜が、奈津菜がくれた券は俺が持ってた。で、そのうちの一枚がいま葵の手元にあるわけだ」

「全部が全部ああなったわけじゃない……と」

「むしろそうなったのは葵が持ってるその一枚だけだな」

「なるほど」

券を取り出して眺（なが）めながら葵が言う。

「ＳＮＳで話題になるほどとは思ってなかったから、帰ったらうちでも聞いてみるわ」

「券のことをですか？」

「券のことは……さすがにちょっと荒唐無稽（こうとうむけい）すぎるわね。でもそこまで話題になるならそっちの方から何か聞けるかもしれないでしょう？」

「確かに！　場合によっては今後もこういう券が増えたり……するんでしょうか？」

「勘弁（かんべん）してほしいな……」

「流石（さすが）に何枚もってなると制御（せいぎょ）できないわね……」

実際のところ、どの程度何でもできるのかはわからないが、これ以上増えたら厄介なことだけは確かだった。

「お二人が考えてることはなんとなくわかりますが、私は悪用する気はないですし、そもそも券の性質上悪さはしづらいですよ？」

葵が言うが、心配してるのはそこではない。

「むしろ持ってたのが葵でよかったと思ってる」

「そうね」

「そうなんですか!?」

驚く葵だがこれは奈津菜と俺の中では共通認識になっていた。

「悪用しようと思えばいくらでもできるだろ。葵はその点マシだ」

「えへへ……先輩もついにデレて……」

「まあ絶妙に厄介な使い方を考えるからそれはそれなんだけど」

「なんでですかー！　上げたならそのまま上げてくださいよ！」

コロコロ表情を変えて抗議する葵を見て笑いながら、奈津菜がこう言った。

「ふふ……まあ一度話聞いてみるわ」

「頼んだ」

その後も券と神社について色々考えを話し合ったが特に進展もなく、ひとまず奈津菜の報告を待つことになったのだった。

久しぶりの神社

「うち、来れる？」

奈津菜が突然そんなことを言ってきた。

周りに聞こえるほどの音量ではないが、ここは学園だ。

「あ、ああ」

「何驚いてるのよ……。券の話よ？」

驚いたのは俺だけではない。というかむしろ俺より周りの人間の方が驚いているくらいなんだが奈津菜は気にする素振りがなかった。

一旦俺も合わせよう。長引くほうが目立つ。

「何かわかったのか？」

「んーん。あんまり。でもその話をしてたら両親が……ね」

「あー」

大体わかった。

券のことを話す流れで俺の話題が出て、久しぶりだから顔を見せに来い、みたいな感じだろう。

「いつ行けばいいんだ？」

「いつでも。うちはどっちも神社か家にいるし」

「まあそれはそうか」

「うん。葵ちゃんの予定も聞いておいて」

「わかった」

そう言って離れていく奈津菜と、入れ替わるようにやってくる修二……。

「おい!?　いつの間に――」

「言いたいことはわかるけど落ち着け」

肩を掴まれて振り回される。

なんか知らないけど男子が集まって来ていた。

「で、なんで急に話すようになったんだ？」

「たまたまきっかけがあったというか……元々親同士が仲いいからな」

「はーん。なるほど」

「なんだよ」

「いや……まあ悪いことじゃないし、進展があったら教えろよ」

「進展ってなんだ……」

その後は結局関係ない話になっていって、漫画だなんだと盛り上がって休み時間が終わったのだった。

忘れないうち葵にも連絡しておこう。

◇

「すごかったですね……」

「ごめんね。うちの親、話終わらなくて……」

葵と予定を合わせた休日、俺たちは月宮神社にやって来ていた。

早速おばさんに捕まって話し続け、ようやく奈津菜の部屋に来たわけだが……。

「突然来たのにあんなに歓迎してくれるとは思ってなかったです」

「歓迎というと聞こえがいいけど……まあとにかくお疲れ様」

「久しぶりだったから余計に話が止まらなかったな……」

元々話し好きというのもあるが多分これが大きい。

しかもそこに葵までいたわけだからな。歌手活動のことは言っていないが、それでもミスコン優勝の子が来たとなれば盛り上がる。

「あそこまでとは思わなかったわ……。定期的に来た方がいいんじゃない？」

「そうする」

「本当に仲いいんですねぇ、お二人」

「そんなこと……ない、とも言い切れないわね」

まあ否定のしようがないな。

「俺たちが仲がいいというより、完全に家族ぐるみというか家族みたいだったからなぁ」

「いいですねー」

「いいのか悪いのか……というより葵、大人しいな？」

「えっ？」

おばさんの話に疲れたとかではなく、神社に来てから様子がおかしかった。

「そうよね。健斗の家にいる時とは全然様子が違うというか……緊張してるのかしら？」

「あはは」

「なんか別の原因だろ。これは」

緊張だとしたらさっきまでの親がいた状態と今で様子が変わらないのがおかしいしな。

「うぐ……先輩って私のこと適当にあしらうくせに結構ちゃんと見てくれてますよね」

「健斗はそういうところがあるわよね……」

「まあもう心配かけちゃったので話しますね」

葵がそう言って深呼吸する。

言いづらいなら無理させるつもりはないが、こうなるともう止める方が話の腰を折ってしまうな。

しばらく深呼吸をつづけたあと、「よしっ」と小さくつぶやいて葵が口を開いた。

「ここに来るまでに絵馬、見てきたじゃないですか？」

「ああ……結構たくさんあったよな」

「初詣（はつもうで）の時期じゃなくても数が増えてるって言ってたわね」

これが葵の言っていたSNSでも話題になるほどの影響力かもしれない。

「それで、御礼絵馬も多かったですよね？」

「そうね」

「あんまりよくないかもしれませんが……私気になって結構内容も見ちゃったんですけど……すごすぎませんでした？」

「俺はちゃんと見てなかったけど、ぱっと見だけでも結構すごいのがあったな」

「そうね。それはちょっと、お父さんも驚いてたわね」

偏差値三十から難関大学に受かりましたとか。

ずっと夢だった賞が取れましたとか。

大学名や賞の名前は俺でもすぐわかるようなものだったりして、なかなかすごいなと感じていた。

「私が見たのだと大金持ちになりたいと願った人が宝くじを当てたり、有名人と付き合いたいと願った人はたまたま町に来ていたその人と出会えたとか書いてましたし」

「それはすごいな」

「本当なのかしら……」

神社の娘が疑うレベルで効果があるようだった。

「で、その絵馬に驚いただけじゃ大人しくはならないだろ？」

「はい……その中に一個、ちょっと気になるのを見つけちゃって……」

言いづらそうに葵が顔をそらす。

黙って葵の言葉を待つか。

しばらくすると……。

「夢だったアイドルになれましたって」

「アイドル……」

「ちょっと違うとはいえ、私もある程度同業と言っていいと思うんです」

「確かに近いな……」

そして葵の悩んでいた理由もなんとなく察しがついた。

「それで……ちょっとまとまらないんですけど……自信がなくなったというか……」

「なるほどな」

「私が歌手になれたの、私が頑張ってきたからだと思ってたんですけど……」

また言いよどむ葵。

すこし手助けするか。

「神社の力か自分の力か、自信がなくなったと」

葵はうつむいてた顔を上げるとうなずいて続けた。

「はい……もちろんあの絵馬を書いた人が夢を叶えたのは、その人の力じゃないなんて思わないんですけど、でも私のは……本物だから」

「えっと……でも努力はしてきたんでしょう？　だったら……」

「もちろん努力はしましたけど……運の要素も大きいので」

まあそういう世界だろうというのはなんとなく想像できる。

「運も実力って考えれば、そもそも券を持てたことがよかったんじゃないかしら」

「それはそうなんですけど……すみません、変なこと言っちゃって」

「全然気にしないで……というか健斗！　あんたもなにか言いなさいよ」

「ああ……悪い。考え事してた」

「ちゃんと聞いてあげなさいよ！」

奈津菜の方がなぜかテンパっていてバシバシ腕を叩かれた。

そう、考えていたんだ。

前に葵と話してたことを。

◆

「先輩！　どうせ私の歌聴く……というか見るなら、動画じゃなく生(なま)で見てくださいよ！　生で！」

まだ奈津菜と話をする前に、葵と二人でこんな話をしていた。

「生……？」

「はい。先輩はライブのチケット渡しても来てくれなそうですからカラオケでもいいですよ！」

「カラオケか」

「ほらほら！　今をときめく歌手が先輩のためだけに歌いますよ！　しかも密室で！」

「いや、いい」

「なんでですかー！」

歌はともかく密室というのがなんというか、身の危険を感じる……。

「うう……。でも先輩に見てほしい……いやでも、いざ見るってなったら絶対テンパる自信がある！」

どうしろって言うんだ……。

「むぅ……まあ先輩って、そんなすぐ見に来ないですよね？　それまでに心の準備をしておきます」

なぜかドヤ顔で葵が言う。

「別に見るのは抵抗はないぞ」

「えっ」

抵抗があるのは密室の方だ。

というより……。

「巻のことを考えたら、そのために来たんじゃなかったのか？」

──「歌手になって驚かせに来い」

これが俺が葵にお願いした内容だ。

「うー！　それはそうなんですけど緊張する！」

見ろと言ったそばから忙しいやつだった。

しばらくうんうん唸(うな)っていたが、なぜか真剣な表情になりこちらに向き直ってこう言った。

「先輩、ひとつだけ約束してほしいんですが」

「ん？　どうした急に改まって」

「私の歌聴いても、私から離れないでくださいね？」

「どういうことだ……？」

ほんとに急だった。

「その……私はずっと先輩の言葉に励まされて、先輩にもらってこの券にすがってここまで来たんです。私にとっては今のフヨウの評価なんておまけでしかなくて、先輩にこうしてお披露目するのがすべてなんです」

「そこまで……」

「歌手になって驚かせに来い。――この先輩の言葉を叶えることができちゃったら私、もうそれで全部満足しちゃう気がするし、それ以上に先輩がもう、私と会う理由なんてなくなっちゃうんじゃないかって……」

「はぁ……」

「ええ!?　どうしてここで呆れたようなため息なんですか！」

葵は本当に、変なところで律儀に考え過ぎるな。

普段はあんなにグイグイ来るくせに……。

「確かに俺は昔葵に、歌手になって驚かせに来いって言ったかもしれないけど」

「はい」

「それが叶ったら終わりの関係なら、最初にうちに来た時に終わってるだろ」

「え……？」

さっきは話が進まないからああいう言い方をしたが、驚かせに来るだけなら会った段階で十分だったわけだ。

券の目的はもうそれで十分達成してる。

「あのときでも俺は十分驚いたし、別に今更歌を聴いたくらいでどうこうなるわけじゃない」

だってそうだろう。

券で作ったのはあくまできっかけなんだ。

いま葵がうちに来て、うちに通い続けているのは葵の意志だろう。

恩返しをしに来いとは言っていないわけだし。

「気にしすぎるな」

そう言って頭を撫でると……。

「なんかずるいです」

不服そうに頬を膨らませて、しばらく撫でることを要求され続けたのだった。

◆

意識を戻す。

「聞いてはいたんだけどな……というか、なんか奈津菜のほうがテンパってないか？」

「うるさいわね！　それより今は葵ちゃんでしょ」

「わかってる……」

奈津菜がテンパるくらいには、今の葵は普通じゃないからな……。

「葵」

「えっ？　はい！」

「悪いけど……俺は葵のことをずっと見てきたわけじゃない」

「はい」

「だから今葵を慰めても多分、意味がないと思うんだ」

まっすぐ葵と目を合わせて、そう言った。

「それは……」

「葵がどんな努力をして、どんな活動してるかはっきりわかってない」

「ちょっと健斗……」

「だから一回、見せてくれるか？」

「え……？」

「どういうことよ」

あの日、俺がこう言っておけば葵はこんなに悩むこともなかったかもしれないな。

「なんでもいい。葵がこれが今の自分だって胸を張れる姿を見たいんだけど、どうだ？」

「胸を張れる姿……」

歌を披露することに自体を恐れていた葵には少し酷かもしれないが、それも含めてここで、解消しておいたほうがいい。

「どうだ？」

「……わかりました。もう少ししたらライブがあります。それを見てください」

「いいの？　葵ちゃん」

「はい。いつか見せなきゃと思ってたんです。なんだかんだ言って中途半端にしか見せてなかったですし」

いざとなると尻込みしていたからな。

「なら……」

「神社の……券のおかげだとしても、先輩には、二人には見てもらいたいです！」

葵の目に光が戻ったような気がした。

「楽しみにしてる」

「はい！　先輩！　今日はもう私行きます！」

「え、どうしたの急に」

「お二人にお見せする以上恥ずかしいものにできないですから練習です！　奈津菜先輩、ありがとうございました！　おばさんにもよろしくお伝えください！」

「え、ええ……」

「じゃあ！」

慌ただしくバタバタ走りながら葵が去っていく。

「勢いがすごいわね」

「ともかくちょっとでも元気が出たならよかったよ」

「そうだけど……」

浮き沈みの激しさに困惑する奈津菜だが、葵がいなくなったのは好都合だ。

「さて、こっちも準備しないとな」

「準備？」

「ああ。ちょっと奈津菜にも手伝ってほしい」

葵のライブまでに、俺たちもやることができた。

奈津菜に考えを話して、ライブの日までに準備を進めていくことになったのだった。

本番

「こんなところ本当に入って良かったのかしら」

奈津菜(なつな)が落ち着かない様子で言う。

「確かになんか緊張するな……」

葵(あおい)のライブ会場、その関係者しか通れない通路に俺たちはいた。

一応葵から話をしてもらっていて、実際、係の人が通してくれたんだから大丈夫なんだろうとは思うんだけど、場違い感にいたたまれなくなる。

「ここ、よね」

「そのはずだ」

フヨウ控室(ひかえしつ)。

部屋の扉は開けられていて……。

「お、いた」

葵はその中で一人、両手で口を覆(おお)って手を温めながらつぶやいていた。

「うう……緊張する……」

「大丈夫か？」

「先輩!?　そういえば楽屋に来れるようにしたんでしたっけ」

「忘れてたのか」

「あはは」

忘れてた、というよりそれどころじゃない様子だった。

「ほんとによかったのかしら……」

「葵が覚えてないとなるとほんとによかったか怪しいな……」

「いえいえ！　全然大丈夫です！」

少し茶化してみるとパタパタ動き出したが、表情はまだ硬いな。

「いつもこんな緊張するのか？」

「えーっと……」

この反応はあれか……俺たちのせい、というのもあるだろうし、やっぱり券のことが気になってるんだろうな。

「いつもと様子が違うから心配してたぞ、家の人が」

「え、いつの間にそんな仲に……」

「この前一回家に行っただろ」

そう。

ライブ前の準備の一環として、葵の家族に会っていた。

流石に券のことは喋れないが、色々聞きたいことが聞けた。特にこう……毎日のようにうちに来てて良いのかとか……。

奈津菜も一緒だからだったかもしれないが、気にしてないどころかむしろご迷惑をかけていないかなんて心配されたくらいだった。

「あれだけで……とんでもないですね。先輩は天原家たらしです」

「どんな言葉だ……奈津菜もいたから安心したんじゃないのか？」

「いえ……多分そういうのじゃないと思うんですよね……」

葵が何か悩んでいた。まあいいとしよう。

「それはそうと……大丈夫？　その……何してあげたらいいのかわからないんだけど」

「いえいえ！　お二人が来てくれただけでありがたいです！」

「緊張とかするんだな、葵でも」

「私のことなんだと思ってるんですか！」

軽く腕を小突いてきながら葵が言う。

「いや、うち来た時も堂々としてたし……ほとんど初対面であれだとな」

振り返るとほんと……。

あれ完全におかしなやつだったよな……。よくわからないまま相手させせられてたけど、あのまま高い壺とか絵とか買わされてても不思議じゃないような出会いだ。

もうちょっと用心しよう……。

「あれは！　その……何年も追いかけてようやく話せるようになったんですから仕方ないです」

まあ、葵だからあそこまで一気に心を開かされたんだろうけど。

と、無駄話をしてる場合じゃないんだった。

「今回のそれは緊張だけじゃないし、まあ仕方ないよな」

「うう……」

「もったいぶらないで教えてあげたらいいじゃない」

「そうだな」

冷やかしに来ただけではない。

「え？　何かあったんですか」

「健斗、あれからあの絵馬書いた人に話聞きに回ってたのよ」

「えー!?　いいんですかそんなことして」

「まあ……いいか悪いかでいえば悪いかもしれないけど、相手が嫌がらなかったから」

というより、嫌がらない相手を選んだ。

奈津菜の両親が絵馬を渡した相手のことを知っていた、というか、内容が内容だけに話をして盛り上がったりしていたのだ。

この辺はさすがおばさんというか……なんというかという感じだった。

何人か話を聞きに行っても大丈夫な相手を紹介してもらった。

「そうなんですか……そんなわざわざ……」

「受験に受かった人、恋人ができた人、アイドルになった人……みんな、絵馬の力だけでなったのか、確認して回ったのよね、健斗。町に住んでることくらいしかわからなくても何とか走り回って見つけてきて……すごかったわよ」

「え……」

本当に褒められた話ではないが、色んなところを回って情報を集めて、なんとか本人にたどり着いた。

特に一番大変だったのはアイドル……。一歩間違えればストーカーみたいなものだし、そういう意味では奈津菜がいてくれて助かった。

まあなんだかんだ大変だったけど、とにかく……。

「葵が不安になってる原因を取り除けるかと思ってな。安心しろ、葵が歌手になれたのは、ちゃんと葵の力だから」

こうやって、胸を張って言えるだけの話は聞けた。

「絵馬で成功した人たちはみんな、神社のおかげじゃないって言い切れるくらいの努力をしてきてた。それは葵もそうだろ？」

「それは確かに……私も自分にできることはしたつもりです」

「歌も練習したんだろ？」

「もちろん。たくさんしました」

「知ってもらうための努力も」

「はい。動画にしてみたり……ＳＮＳで頑張ったり……」

「しかもそれを、デビューしてからもずっとだ」

「はい……というか先輩！　私の話まで聞いてきましたね!?」

バレたか。

そのために家に行ったからな。

「うぅ……先輩の行動力、舐めてました」

「葵に言われたくはないけど……」

というか葵のせいだろう、これは。

毎日のようにあんな行動力を見せつけられて、俺もちょっとおかしくなったんだと思う。

そう思いたい。

「健斗はこだわると止まらないわよ。前から」

「あー……まあ奈津菜先輩だけ避ければ済んでたのに、それが女子全部になっちゃうくらいですしね」

「何でも言うこと聞く券にしたってそれ、作ったの四歳とかよ？　ひらがなすら怪しいのになんで漢字が混ざってるのよ」

「そう言われると……確かに？」

なんかよくわからずに調べたまま書き写した記憶はある。

まあそんな話はいいんだ。

「絵馬を書いてた人たちさ。例えば勉強に関しては、ちょっと真似できない量集中してやってたよ。ほら、これ借りてきたんだ」

「これ……すごい……参考書ってこんなボロボロになるんですか」

「どれだけやりこんだか、これだけでもわかる。ほら、ノートも」

「うわ……何冊あるんですかこれ……。全部問題集のやり直し……？」

「すごいわね、これ」

わかりやすい努力の跡だし、快く貸してくれたのもありがたかった。

「宝くじが当たった、とかはもうちょっと別にしても……恋人ができた人もほら、わざわざ写真くれたんだよ」

葵に携帯を見せる。

「これ……ええ!?　別人みたいじゃないですか」

「ちゃんと釣り合うようにって、それまでお金かけてなかったおしゃれに気を遣（つか）うようになったって」

「すごい……こんな変わるんですね」

俺も最初に見た時はほんとに驚いたからな。

そして……。

「これが本命だけど……アイドル、いわゆる地下アイドルだったらしいけど、こっちはもっと変化がすごかったぞ」

そう言ってまた写真を見せる。

「私も驚いたわ、これは」

「ええ……」

「髪やら顔やら服だけじゃなく、姿勢とか歩き方まで変えたらしいぞ」

「別人みたい、じゃなく、もうこんなの別人じゃないですか」

俺もそう思う。

というより、本人もそう思っているからこそこの写真を渡せたんだろう。仮に出回っても信じてもらえないレベルだからな。

「神社の効果、確かにすごいけど、夢を叶（かな）えた人はみんなこんな感じだよ」

「宝くじですらちょっと買ってみた、のレベルじゃなかったのよね……あれ外したらどうするつもりだったのかしら……」

「そんなに……」

あれだけちょっと話は変わるんだよな……。

まあとにかく……。

「とんでもない代物ではあるけど、だからといって勝手に結果が出るようなもんじゃない。少なくとも俺が色々走り回って聞いてきた限りではな」

「うぅ……ずるいですよ。そんなの」

葵が顔を伏せる。

「泣いちゃだめでしょ!? なんかもうメイクとか終わってるんじゃ……」

「あはは。顔は隠してるんで大丈夫です」

涙を拭きながら葵が答える。

「よしっ！ これを聞いたらやるしかないですね！」

葵が気合いを入れる。

「ああ。聴かせてくれよ。俺の言葉を受けて頑張ったっていう、葵の歌」

「はい！ 任せてください！」

ちょうどよく控室に係の人が入ってくる。

「フヨウさん！ そろそろ……」

「はい！　今行きます！　じゃあ、二人も客席から見守っててください！」

　バタバタと葵が駆け出していく。

「良かったわね」

　奈津菜が言う。

「あれなら大丈夫そうだよな」

「じゃあ私たちも行きましょうか」

「ああ」


　その日の葵のパフォーマンスはこれまででも一番の出来だったらしく、ファンの間で伝説と騒ぎ立てられるほどだったらしい。

　俺たちは初めてまともに見たせいで終始圧倒されっぱなしだった。

　普段を知っていると余計にだ。

　おかげで最後まで楽しませてもらったのだった。

エピローグ

「ど、どうでしたか？　先輩」

終わってからはなんだかんだでバタバタしていたんだが、どうしても葵がその日のうちに話したいと言ったので結局うちに集まっていた。

時間も遅いんだが、なぜか天原家も月宮家もそのまま泊って来いと送り出したらしい……。

絶対帰そうとは思っているが、とりあえずはまぁ葵を労うか。

「ああ……思ったよりすごかった」

「そうね。本当にすごかったわ」

素直に感想を伝える。

葵はそれを聞いて安心したのか崩れるようにへたり込んだ。

「うわぁーよかったぁ。めちゃくちゃ緊張してたんですよ！」

「そんなにか。全然そうは見えなかったけど」

「言ったじゃないですか！　私にとってはこれが集大成だったんですから！」

「それはまぁ……光栄だな」

「まぁ先輩が満足したなら良かったです」

本当に心からそう思っているだろうことが伝わる良い笑顔で、葵が言った。

「すごい堂々としてたけどそんなに緊張してたのね」

お茶を持ってきながら奈津菜が言う。

「ありがとうございますー。そうですよ！　すっごい緊張したんですから！　デビュー以来初ですよ、こんなに緊張したの！」

「そこまで……」

「奈津菜先輩も楽しんでくれましたか⁉」

「ええ。初めてああいうのに行ったけど、また行ってみたいと思ったわ」

「わーい！　毎回チケット渡します！」

「それはちょっと悪いというか……でも葵ちゃんのライブ、人気で普通に取ろうと思うと大変なのよね」

「調べてくれたんですか⁉」

いつの間に……。

「本当に人気なんだな……」

「へへへ！　そうですよー？　そんな可愛い後輩が毎日料理に来てるなんて！　先輩は幸せで

すよ！」

　それはまあ確かに、客観的に見ればそうなんだろうな。

　押しかけられてわけもわからないままこうなった今となってはちょっとよくわからなくなってきてるが……。

「まあでもこれで、恩返しも終わりだろ？」

「え？」

「葵のデビューは券のおかげじゃなく努力のおかげってわかったんだから」

「そういえばそうよね」

　そう。

　だからもう葵が俺に気を遣う必要はないんだが……。

「何言ってるんですか！　券のおかげじゃなくても、私は先輩の言葉で歌手になったんですからね！　責任取ってもらいますよ!?」

「恩返しはどこ行ったんだよ!?」

　相変わらず無茶苦茶なやつだった。

　そんな様子を見て奈津菜が言う。

「ふふ……。じゃあしばらくこの家はにぎやかなままね」

「そうですよ！　もうずっとにぎやかです！　何なら先輩、もっと広い部屋借りて一緒に住みましょう！　お金ならありますよ!?」

「勘弁(かんべん)してくれ!?」

冗談に聞こえないのが質(たち)悪い。

あのライブの規模と人気を見た後だと葵がどれだけ持ってるのか怖くて聞けないくらいなんだから。

「でもほら、押し入れの奥に閉じ込められてるフヨウちゃんも、もっといい生活させてあげられますよ?」

「それは……」

一瞬傾きそうになって奈津菜に止められる。

「健斗……」

「わかってる！」

ジトっと睨(にら)んでくる奈津菜から視線をそらしながら、改めて考える。

「葵はすごいな」

「へ?」

家の人から聞いた努力と、その結果を見てきて本当にそう思う。

並大抵(なみたいてい)の努力であそこまではたどり着けないだろう。

「頑張ったんだな」

「な、なんですか急に⁉　何が狙いですか⁉　お金ですか！　ありますよ⁉」

「なんでだよ⁉」

テンパってわけのわからないことを言い出す葵を奈津菜が笑う。

「でも本当にすごかったわ。ありがとね、見せてくれて」

「わー！　なんか恥ずかしい！　ライブ終わったばかりで本当に今でもギリギリなんです！

そんな褒められたら色々耐えられなくなりますよ⁉」

「どういうことだよ」

情緒が不安定な葵がパタパタと慌てだす。

そして……。

「具体的にはこれ以上変に褒められると耐えきれずに先輩を襲います！」

「わかった黙ろう」

というか止めを刺したのは奈津菜だろう。

「どうしてそんなあっさり引き下がるんですか！」

「当たり前だろ！　奈津菜もいるんだぞ⁉」

「あれ？　もしかして二人きりならいける感じですか⁉」

「健斗……」

「違うからな⁉」

おかしいだろ、色々。

本当に油断も隙もないやつだった。

「はぁ……まぁでも、それでこそ先輩です」

葵が屈託のない笑顔を見せる。

奈津菜もそんな様子を見て、笑っていた。

「なんだそれ」

「ふふっ。とにかく！　私の集大成を見たからって、私の前からいなくならないでくださいよ！」

立ち上がって、改めて葵がこちらに向けて言ってくる。

「聞いてくれますよね？　先輩」

あとがき

はじめまして！　すかいふぁーむと申します。

今回はあとがきで言いたいことが多いのでページが足りるか心配です笑。


ちょっと特殊な形が多い本作。
①漫画原作としてとなりのヤングジャンプで連載、②単行本は同時発売、③しかも漫画の前から声優さんが三人もいる宣伝ラジオをやっている……と、私も混乱するくらい色々やっていただいています。
あとがきではその座組について説明できればと思っています。


本作は一応漫画『聞いてくれますよね？　先輩』のノベライズ、という建て付けです。

なんですが……、漫画の元になる原稿がこの小説、という仕組みになっています。ぺんたごん先生にこの小説をベースに漫画にしてもらっている感じです。

要するにこの小説が原作で、漫画がコミカライズとも言えるし、漫画が原作で、これがノベライズとも言える……ちょっとわかりにくいんですがどっちも本編ですので、ぜひどちらも楽しんでいただけると一番うれしいです！　見比べると楽しいと思います。

漫画を描いてくださっているぺんたごん先生は元々イラストレーターとして活動されていて、私は「いつか挿絵描いてほしい！」と思いながら絵を眺めていたファンだったんですが、なんと漫画でご一緒できることになり、毎話原作者が一番楽しませてもらっているような状況です。せっかくならということで、小説の挿絵を描いてもらうという夢も叶えていただきました！


そして宣伝ラジオ。

実は漫画が連載する前から豪華な声優さんたちにラジオをやってもらっていました。

近藤唯さん、小澤亜李さん、嶺内ともみさんの三人にそれぞれ、健斗、葵、奈津菜役を演じていただいてボイスドラマを十二話、この十一月まで毎月配信しています！

ボイスドラマ以外は声優さんたちのトークパートということで、この前はぺんたごん先生とゲストとして混ざらせていただいたりもしています。ご興味ある方はツイッターから「＃なんちけ」と検索してみてください。

ボイスドラマも作中のエピソードですので、小説、漫画と楽しんでいただく前後どちらでも、見ていただけるとより一層イメージが湧いて楽しいと思います。

　さて、座組の話だけでスペースがなくなってきたんですが……ちょっと作品作りの経緯（いきさつ）も。

　元々『聞いてくれますよね？　先輩』は小説で出そうと思っていたプロットを、ボイスドラマ用の脚本に書き起こして、その後漫画の原稿を書いて、最終的に小説として完成させた、という作りになっています。

　小説としての物語の骨格、ボイスドラマのテンポ感、そして漫画のキャラの動き……と、全部が嚙（か）み合って物語が完成していった気がします。

　お楽しみいただけると幸いです。


　最後になりましたがぺんたごん先生、近藤唯さん、小澤亜李さん、嶺内ともみさんをはじめ、漫画、小説それぞれの編集さん、音響、スタジオの方々など、いつも以上に関（かか）わっていただいた方が多く感謝を伝えきれないほどですが、本当にありがとうございました。


　また本書をお手に取っていただいた読者の皆様に最大限の感謝を。

　ぜひ漫画版やボイスドラマもよろしくお願いいたします。

すかいふぁーむ

"聞いてくれますよね？先輩"
発売
パァン！
こちらでも、
漫画の方でも
作画を担当
させてもらっています！
少しでもお楽しみ
頂けたらと！
祝!!

コミカライズ
を試し読み!!
第1話 訪れ
学園で有名な美少女後輩が
「何でも言うこと聞く券」を手に、
押しかけてきました。
なんでも
言うこと きく券
原作 すかいふぁーむ
漫画 ぺんたごん
聞いてくれますよね？
先輩
Kiite
kuremasuyone?
SEMPAI

タン
タン
フゥゥゥ…
ピンポーン！
んお？
さぶっ
ピンポーン
はいはーい
今開けますよー
たっ
たっ
たっ
だれだ？

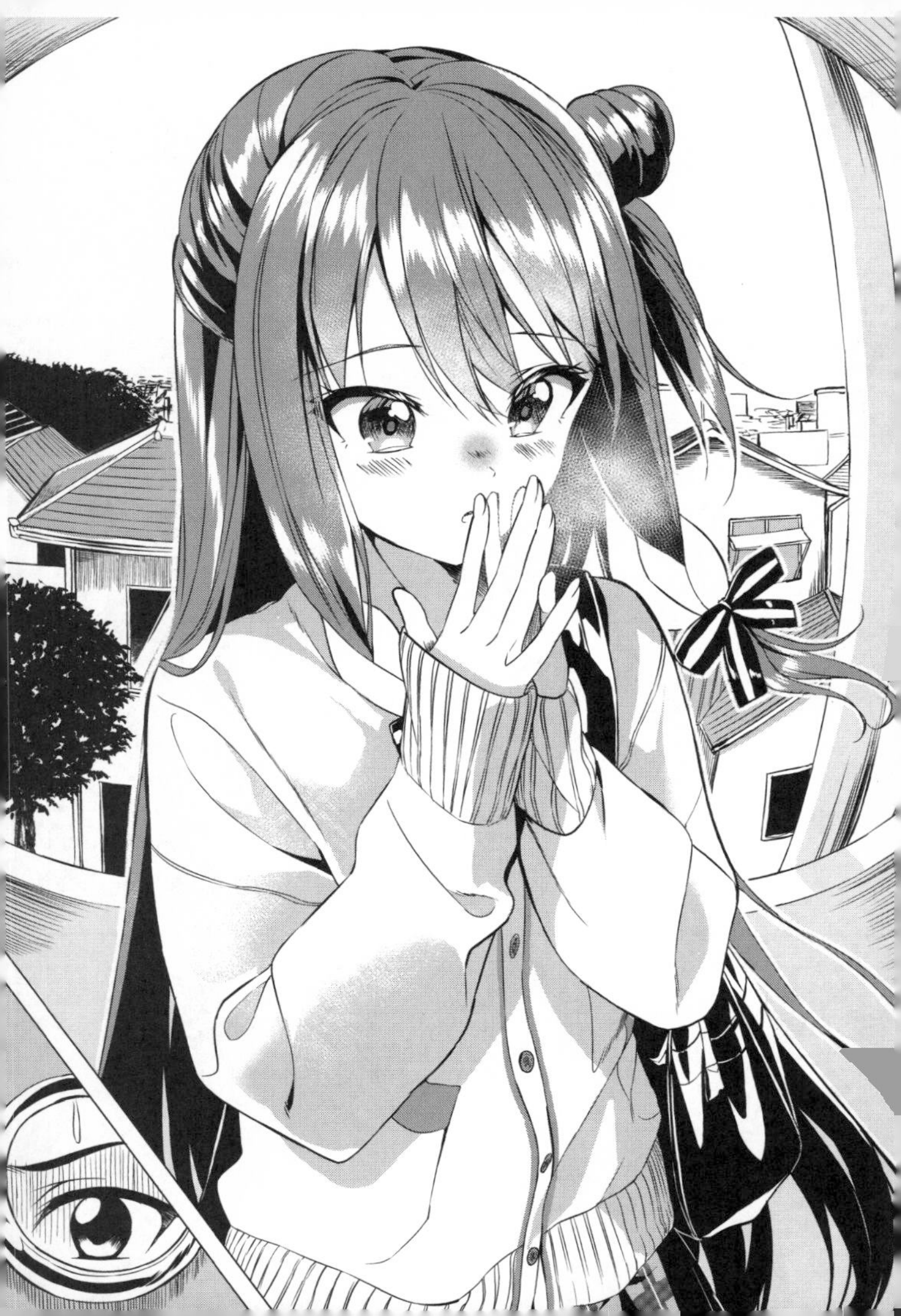

先輩 いますよね？
開けてください
ピンポーン
…誰だ？
ピンポーン
ピンポーン
制服は俺と同じ
学校のものだ
そういえば
顔も見たことがある
しかし俺との接点はないはず…
隣と間違えたのか…？
う〜ん
1つ年下の後輩だ
外寒いんですよ？
先輩っ
ぷんっ
あぁあ
今開ける
ガチャ

やっと出てきた
!?
とりあえず寒いんで
中入りますねっ
ぽかーん
おっ おい…
こたつ はっけーん!
ッ

あー
ぬく
ぬく
あったかーい
何してるんですか？
先輩も入って入って！
いや それは俺の
台詞だろう
はっ…！
す
じっくりお話しましょ
ふふっ
おお前
どこでそれを!?
バッ
先輩
聞いてくれますよね？
なんでも
言うこと きく券

ほらほら
寒いんですから
先輩もコタツ
入ってください
ぽん
ぽん
えっと…
ぶー
ニヤ…
待ってくれ
とりあえず状況を
整理したい
まず…えっと…
何て呼んだらいいんだ?
良いんですか?
先輩
ニタァ…
名前でいいですよ?
私も健斗先輩って
呼びますし
パァァ
ァアッ…!
ごめん
まず名前を教えて欲しい
えっ…
じわ…

ショックです…
まさか名前すら覚えられていなかっただなんて…
どよーん
いや 顔は分かる！顔は！有名だった！
顔だけですか…
所詮 先輩にとって私はその程度だったということなんですね…
いや えっと…
しゅん…
フォローしたつもりが更に悪化したな…
うーん
仕方ないですね…
これからは絶対忘れないようにしてもらいましょう
むくっ

天原葵です
ちゃんと
覚えてくださいね？
びしっ
あぁ
分かった

――で
その天原さんがなんで…
葵
ぼそっ
えっと…
するする…
あ・お・い
ですっ
先輩っ
もうっ！

ガタッ
あ…
葵
うんっ
よろしい！
…ところで
葵はどうして
ここに…
それに
その券…
ふふふ…
先輩の字です
もんね これ…
ピラリ
ああ
なんでも
言うこと きく券

葵の手に握られているのは拙い字で書かれた
なんでも言うこと きく券
――――"なんでも言うことき く券"
俺が幼馴染とやり取りしていた10年以上前のものだ
かわいい字ですよね～
だが これも間違いなく俺が書いた文字
まず結論から言うと
これは先輩から貰ったものですよ？
なんでも言うこと きく券
え…？

こいつの名前どころか
出会っていたことすら
忘れてしまっていたのか…？
混乱してますねぇ
大丈夫ですっ
そのことを覚えてないのは
まぁ
仕方ないと
思いますし
どういう
ことだ？
そうだなぁ…
先輩 喉が渇いたので
飲み物
ください
あぁ
良いけど
お茶しかない
けど いいか？
はーい！
どうも
ですー

ほら
コトッ
ピラピラ
ありがとうございます
けっ券が消えた!?
!!?
多分先輩のポケットに

ガサッ
何を言って…
ペラ…
ほんとだ…
間違いない
さっきまで葵が持っていたモノ…
…手品？
違いますよ！
本物なんですよ
この券が！
お願いを聞くと
所有権が移るんです！
A
B

そんなバカな…
試してみて下さい
その券を持ってれば私に何でもお願いできちゃいますよ？
むにっ
ほらほら！いまなら私にエッチなことでもなんでも
お願いできちゃうんですよ？
しら～～っ
じゃあ…部屋から出ていってくれとか頼んだら…
！

いやーー!!
ひどいですっ!
すくっ
ほんとに帰る準備はじめちゃう…!
ばっ
わわ…
びゅん
ぱたん

寒い〜
どうして今日に限って
こんなに寒いんですか〜
トッ トッ
ガチャ
制服だけじゃ
寒そうだよな 今日は
ブルブル
そう思うなら
早く入れて下さい！
ただいまです
先輩
ああ
ぱすっ
おかえり
えへへ
にま〜
そういや家に
入れろってお願い
聞いたのに
券はそのまま
なのか
あーそれは私に
券を使おうという意思が
なかったからですね
先輩なら
泣き落とせばすぐ
入れてくれると思ったので
にししし…
こいつ…

あはは
まぁほら 良いじゃ
ないですか
券が本物だってことは
分かったんですし
まあ こうなると
信じざるを得ないか
ふぅ…
ん? えっと…
それで
その券のことを
話しに来たってことか?
そうとも言うし
そうとも言わないというか…
要領を
得ないな…
……
あのですね

先輩に
恩返しがしたいんですっ
ぎーゅっ
続きはコミックス1巻または
となりのヤングジャンプで!

史上最強の宮廷テイマー
自分を追い出して崩壊する王国を尻目に、
辺境を開拓して使い魔たちの究極の楽園を作る
[原作]すかいふぁーむ [漫画]天城五寸釘 [コンテ]猫箱ようたろ

コミカライズ
大好評連載中!!
ユキアの最強テイムが
漫画でも!!
木曜日
更新
ニコニコ漫画
水曜日は
まったり
ダッシュエックス
コミック

がうがうモンスター
（双葉社）
にて
コミカライズ
連載中!!
フィルドの
最強ソロライフが
漫画でも読める……!!
—漫画—
日野彰
—原作—
九十九弐式
すかいふぁーむ
—キャラクター原案—
伊藤宗一
《経験値分配能力者》
ポイントギフターの
異世界最強ソロライフ
ブラックギルドから解放された男は
万能最強職として無双する

最強テイマーが
楽園を築く――。
すかいふぁーむが紡ぐ
辺境開拓テイムライフ!!
1~3巻
大好評
発売中!!
史上最強の
宮廷テイマー
～自分を追い出して崩壊する王国を尻目に、
辺境を開拓して使い魔たちの究極の楽園を作る～
Author
すかいふぁーむ
Illustration
さなだケイスイ
ダッシュエックス文庫

この作品の感想をお寄せください。

あて先　〒101-8050　東京都千代田区一ツ橋2-5-10
集英社　ダッシュエックス文庫編集部　気付
すかいふぁーむ先生　ぺんたごん先生

ダッシュエックス文庫

聞いてくれますよね？ 先輩

すかいふぁーむ

2022年11月30日　第1刷発行

★定価はカバーに表示してあります

発行者　瓶子吉久
発行所　株式会社　集英社
〒101-8050　東京都千代田区一ツ橋2-5-10
03(3230)6229(編集)
03(3230)6393(販売／書店専用) 03(3230)6080(読者係)
印刷所　大日本印刷株式会社
編集協力　蜂須賀隆介

ISBN978-4-08-631490-9 C0193